探花（たんか）

隠蔽（いんぺい）捜査9

1

普段、季節になどまったく興味のない竜崎伸也だが、五月だけは特別だ。都会も一斉に緑に包まれ、いろいろな花が咲く。

竜崎は特にツツジが好きだった。もしかしたら、春になると日本中で話題になる桜などよりも好きかもしれない。警視庁大森署勤務で東京にいるときは、どこでもツツジが見られたような気がする。民家の庭にも咲いていたし、車道の脇にも植えられていた。

だが、横浜ではどうだろう。少なくとも官舎から神奈川県警本部までの通勤路では、あまり見かけた記憶がない。

刑事部長として神奈川県警に赴任して初めてこの季節を迎える。

滅多に公用車の窓の外を眺めることのない竜崎だが、たまにはツツジが咲いているところでも探してみようかという気になった。柄にもなくそんなことを思うほど、五月は気候がいいのだ。

だが、登庁して間もなく、そんな風流な気分は消え去った。

阿久津重人参事官が、板橋武捜査一課長とともに刑事部長室にやってきた。緊急だということだった。

「横須賀で遺体が発見されました」

阿久津参事官が言った。「殺人事件のようです」

竜崎は言った。

「マスコミ発表じゃないんだ。曖昧な言い方をしなくていい」

阿久津は澄ました顔で言った。

「ほぼ殺人と考えていいようですが、他の可能性もあります。報告には正確を期すべきですから……」

竜崎は板橋捜査一課長に尋ねた。

「検視官はどう言っているんだ？」

「まだ、報告がありません。おそらく、臨場したばかりだと思います」

「遺体発見の経緯は？」

板橋課長がこたえる。

「発見されたのは、本日・五月九日午前八時頃のことです。場所は、ヴェルニー公園。散歩していた人が、遊歩道脇の生け垣の陰に人が倒れているのに気づいて、一一〇番通報しました。発見者の名は細野孝則、年齢七十六歳。会社員でしたが、定年退職して現在は無職だということです」

竜崎は聞き返した。

「ヴェルニー公園……？」

阿久津参事官が無表情なままで言った。

「横須賀港のそばにある公園です。たいへん有名ですが、ご存じありませんか？」

「知らない」

竜崎は言った。「神奈川のことは、これから勉強していかなければならないと思っている」

阿久津がうなずいてから言った。

「捜査本部はどうしましょう？」

「それを決めるのは、検視官の報告を聞いてからでもいいだろう」

「決断は早いほうがいいと思います。横須賀ですから……」

竜崎は眉をひそめた。

「横須賀だから、というのはどういうことだ？」

「万が一、犯罪が米軍絡みだと面倒なことになります」

「日米地位協定か？」

「海軍犯罪捜査局が出てくるかもしれません」

「横須賀だからといって、米軍絡みとは限らないだろう」

「もちろん、そうです。しかし、それを想定しておかなければならない事情が、横須賀にはあります」

「基地の問題は、ある程度は把握しているつもりだ」

「おそらく、部長が認識されているより、横須賀市民にとって基地は身近な存在だと思います」

「それについても、これから勉強だな」

阿久津参事官が、もう一度尋ねた。

「捜査本部はどうしますか？」

それに対して、竜崎も同じことをこたえた。

「検視官の報告を待つ。殺人となれば、捜査本部を作る。所轄は横須賀署か？」

「そうです」

竜崎は板橋課長に言った。

「検視官から知らせがあったら、すぐに横須賀署に向かってくれ」

「自分の判断を申し上げてよろしいでしょうか」

「言ってくれ」

「検視官の知らせを待っていては、捜査が後手に回る恐れがあります。おそらく殺人であることは十中八九間違いありません。すぐに、強行犯中隊を連れて、横須賀署に向かいたいと思料いたします」

竜崎は、板橋課長の判断を尊重していた。彼は現場をよく知っている。まあ、そのせいで、現場を知らないキャリアを軽んじるところもあるのだが……。

「わかった。行ってくれ」

阿久津参事官が言った。

「マスコミへの発表はどうしますか？」

「任せる」

これは本音だった。マスコミ対応は参事官や捜査一課の理事官の仕事だ。阿久津参事官はそういうことに慣れているはずだ。

俺が一々指示することではないと、竜崎は思った。

阿久津参事官が言った。

「では、そのように……」

二人が退出すると、竜崎は書類仕事を始めた。決裁を必要とする書類が山積みだ。

しかし、すぐに電話でそれを中断しなければならなかった。

「桂木(かつらぎ)です」

誰だったかな……。

「桂木……？」

「総務課の本部長秘書担当です」

「名前じゃなくて、最初からそう言ってくれ」

「本部長がお呼びです」

「すぐに行く」

電話を切ると、竜崎は県警本部長室に向かった。

佐藤実(さとうみのる)本部長は、竜崎を見ると言った。

「よお、忙しいところ済まないね。まあ、座ってよ」

ソファを指さす。

竜崎はこたえた。

「いえ、けっこうです。あれは来客用でしょう」

「固いこと言わなくてもいいじゃない」

「このままでお話をうかがいます」

「あ、そう。雑談でもしたかったんだけどね」

「外に決裁待ちの列ができていますよ」

「いいんだよ、待たしときゃ」

「私があの列に並ぶこともあると思います」

佐藤本部長は肩をすくめてから言った。

「八島圭介（やしまけいすけ）って知ってる？」

「たしか、同期にそういう名前の者がおりましたが……」

「それそれ、その同期だよ。どんなやつなの？」

「存じません」

「え……？　知らない？　同期なんだろう？」

「そうですが、どんなやつかと質問されても、こたえようがありません」

「普通、同期ならさ、経歴とか知ってんじゃないの？」

「福岡県警にいるという話を聞いたことがありますが……。その、八島がどうかしましたか？」

「福岡県警からうちに来るんだってさ」

「うち……？　神奈川県警ということですか？」

「そう。警務部長だってさ。キャリアはいつ異動があるかわからないからね」

たしかに、佐藤本部長が言うとおりだ。人事異動は二月に発表されることが多いが、他の時期でも普通にあり得る。

「それでも、この時期の異動は珍しいですね」

「ここだけの話だけどね」

「はあ……」

「今の警務部長が音（ね）を上げちまってね……」

「音を上げた……」

「精神的に参っちまったらしいんだよ。あ、俺がいじめたわけじゃないからね」

「誰もそんなことは言っていません」

「とにかく、そういうわけで、警務部長がずっと異動願いを出していたんだ。どうやら、警察大学校に行って定年を迎えたいようだ」

「その異動が認められ、後任として、八島がやってくるというわけですか」

「そうだ。他に何か知っていることはあるか？」

「特にありません」

「いやあ、やっぱあんた、ドライだねえ」

「別に自分のことをドライだとは思っていません。ただ、同期などにそれほど関心はありませんので……」

「まあ、これから嫌でも顔を合わせることになるだろう」

「だとしても、他の警察官や職員と何も変わりませんが」

「ああ、あんた、そういう人だよね」

「他に何かなければ、こちらからご報告したいことがあります」

「何？　報告って……」

「今朝八時頃、横須賀で遺体が発見されました。散歩していた老人が発見しました」

「横須賀のどこで？」

「ヴェルニー公園ですが、ご存じですか？」

「まあ、名前くらいは聞いたことがある」

「検視官からの報告を待ち、捜査本部の設置を考えようと思います」

「横須賀署に？」

「はい。すでに、捜査一課長と、強行犯中隊が横須賀署に向かっているはずです」

「板橋か」

「そうです」

花

「あいつは頼りになる。地方ならではの、行動力がある」

「はい。私もそう思います」

「刑事部長も行く？　横須賀に？」

「最初の捜査会議くらいは、顔を出さなければならないと思っています」

「まあ、行かないで済むなら、それに越したことはないけどね」

「捜査本部の責任者は刑事部長です。顔を出さないわけにはいかないでしょう」

「そんなこと言ったらさ、特別捜査本部の責任者は俺だよ。県警本部長だの刑事部長だのが駆けつけたら、所轄が迷惑するんだよ。なるべくなら顔を出したりしないほうがいい」

探

「気を使わせなければいいんです」

「そう言ったって、迎え入れるほうは気を使うんだよ」

竜崎はそれ以上反論するのをやめた。おそらく、佐藤本部長も、同様に思っているのだ。

警察の階級制度は厳しい。自衛隊以上だと言われることもある。警察機構をできるだけ円滑に動かすためには、上意下達が必要だ。

階級制度や年功序列があるのは事実だ。それを無視して警察社会で生きていくことはできない。

竜崎だって、ある程度はそれを受け容れているし、必要なときには、階級を利用する。だが、それに依存しているわけではない。

組織を運用する手段である階級制度に縛られて、そのことばかり考えている連中がいる。手段が目的となっていると言うべきか……。それが理解できないのだ。

もっと考えるべきことが、いくらでもあるだろうと思う。

「とにかく……」

竜崎は言った。「現場からの知らせを待とうと思います」

「ああ、それがいいね。進展があったら知らせてよ」

「はい」

礼をして退出しようとすると、佐藤本部長が言った。

「なあ、ホントに雑談してかない？」

「外で待っている人がいます」

「わかったよ」

竜崎は本部長室を出た。


席に戻ってしばらくすると、再び、阿久津参事官がやってきた。

「検視官から報告がありました。他殺で間違いないということです」

「死因は？」

「刺殺だということです」

「刺殺？　凶器は？」

「刃渡りの長いナイフや短刀のようなものではないかということですが、まだ発見されておりません」

「すぐに捜査本部を設置するように指示してくれ」

「了解しました」

「俺も横須賀署に向かう」

阿久津参事官が怪訝そうな顔をした。

「横須賀署に……？」

「捜査本部ができるのだから、当然だろう」

「捜査一課長が出向いたのです。任せておけばいいのではないですか？」

「本部長にも行かないほうがいいというようなことを言われたが……」

「本部長の判断は正しいと思います」

「俺が行く必要はないということか？」

「部長は、ご自身でどうお考えですか？」

そう言われて、竜崎はしばらく考え込んだ。

責任者といっても、それはあくまで形式的なものだ。実際に刑事部長が捜査本部を仕切るわけではない。捜査は現場に任せるしかないのだ。

捜査が広域に及び、他県警本部や警察庁と連絡を取らなければならない場合は部長の出番だ。しかし、そうでなければ、会議で捜査員の士気を高めるべく訓辞を垂れることくらいしか役割はない。

捜査は一刻を争う。捜査員たちだって幹部の訓辞など聞きたくはないだろう。

竜崎は言った。

「たしかに、俺が行ってもやることはないな。本部長も言っていたが、所轄に迷惑をかけるだけかもしれない」

阿久津参事官は何も言わない。

「わかった」

やがて、竜崎は言った。「捜査本部に行くのは見合わせよう」

「それがよろしいかと存じます。では、失礼いたします」

退出しようとした阿久津を、竜崎は呼び止めた。

「何でしょう?」

「君は、八島圭介という人物を知っているか?」

「八島圭介……」

しばらく視線を落として、何事か考えている様子だった。記憶を探っていたのだろう。やがて、彼は言った。「いえ、存じません」

「そうか。それならいいんだ」

阿久津参事官は黙って礼をして、刑事部長室を出ていった。

署長をやっている頃は、捜査の様子は手に取るようにわかった。副署長や刑事課長が、頻繁に報告に来たし、署長自ら捜査本部に臨席することも珍しくなかった。

だが、こうして部長室に収まっていると、意外なほど捜査情報が入ってこない。それを知らせてくれるのは阿久津参事官だが、彼はそれほど頻繁にやってくるわけではない。

横須賀の殺人事件の続報が入ってこないので、竜崎は少々苛立っていた。

午後になって竜崎は、板橋課長に直接電話をかけてみようと思った。阿久津参事官を通さないと、後で問題になるかもしれないという思いが、一瞬、頭をよぎった。

だが、別に悪いことをするわけではない。部長が課長から情報を得ようとするのは、実にまっとうなことだ。竜崎は、自分にそう言い聞かせて、警察電話の受話器を取った。そして、携帯電話で板橋課長の電話番号を確認して、ダイヤルした。

呼び出し音が五回鳴った。立て込んでいるのだろうか。そう思い、電話を切ろうとしたとき、相手の声が聞こえてきた。

「はい。捜査一課、板橋」

「竜崎だ」

「部長、どうしました？」

「その後、どうなっているかと思ってな……。刺殺だって？」

「ええ。凶器はまだ見つかっていません。検視官によると、発見時には、死後四時間ないし八時間が経過していただろうということです」

「四時間ないし八時間？　ずいぶん幅があるな」

「解剖などで詳しく調べれば、もっと時間を絞れるということでしたが……」

「何か問題でも？」

「予算がないということで、司法解剖を渋る声があるんです」

「ばかな。必要ならやればいい」

「東京とは違うんですよ」

「司法解剖をすると、誰か困る者でもいるのか？」

「捜査本部がある横須賀署が金の問題で困るかもしれません」

金の問題は無視することはできない。かといって、必要なことをやらないのも問題だ。

「予算がないと言うのなら、解剖の費用は本部が出す」

板橋課長の驚いた声が聞こえてきた。

「そんなことを言っていいんですか？」

「いいと思う。部長だからな」

「わかりました。その方向で調整します」

「それで、阿久津参事官と君が気にしていた件はどうなんだ？」

「米軍絡みかどうか、ということですか？」

板橋課長の声が小さくなった。周囲を気にしているのだろう。「まだ、わかりません。なにせ、捜査は始まったばかりですから……」

「わかったら、すぐに知らせてくれ」

「阿久津参事官は、まず自分に知らせろとおっしゃいましたが……」

「だったら、阿久津と俺の両方に報告すればいい」

「わかりました」

竜崎は電話を切った。

刑事部長と参事官の両方に報告するなど、二度手間だ。無駄なことは極力減らしたい竜崎だが、阿久津参事官が情報操作をしないとも限らない。

竜崎はまだ、阿久津を信頼しきれずにいた。

2

その後、阿久津参事官は報告に来なかった。終業時間が過ぎて、竜崎は退庁することにした。

捜査本部ができたら自宅に帰れない……。それはもう過去のことだった。部下たちに任せて、自分は公用車で帰宅だ。

もちろん、刑事部長が捜査本部に張り付くこともないわけではない。だが、今回は佐藤本部長の意向もあり、帰宅することにした。

部長官舎に戻り、着替えを済ませると、リビングルームで夕食の用意ができるのを待つ。新聞各紙の夕刊とテレビのニュースで、横須賀の事件についての報道をチェックする。

竜崎が知っている事以上の報道はない。

娘の美紀（みき）が帰ってきたので、竜崎は言った。

「早いな」

「ブラック企業のわが社にも、働き方改革の波が押し寄せてきたわけ」

「打ち合わせだ、接待だと、いつも夜中に帰ってきたじゃないか」

「私も、自分で仕事をコントロールできる立場になったということよ」

夕食の準備ができて、着替えた美紀も食卓についた。

親子三人の団欒(だんらん)だが、だからといって、竜崎は別に何とも思わなかった。いつものように、三百五十ミリリットルの缶ビールを一本だけ飲む。

そして、黙々と食事をするだけだ。妻の冴子(さえこ)と美紀は、話しつづけている。よく話題が尽きないものだと思いながら、竜崎はテレビを眺め、ビールを飲む。

二人の会話が時折、竜崎にも飛び火する。冴子が言った。

「横須賀で殺人事件なのよね？」

竜崎はこたえた。

「捜査情報は家族にも話せない。しゃべったら、クビだ」

「もう、ニュースで流れているんだから、いいでしょう？」

「記者発表をした内容と、機密の捜査情報の線引きは難しい」

「署長の頃は、捜査本部ができるかどうかを教えてくれたじゃない」

「帰宅するかどうか、とか、着替えが必要かどうかといった、現実的な問題があったからな」

「あら、そんな個人的な都合で、しゃべったりしゃべらなかったりするわけ？」

「捜査本部ができるかどうかは、別に秘密じゃない」

「じゃあ、今回は？」

「横須賀署にできる」

「そっちに詰めなくていいの？」

「本部長や参事官に、行かなくていいと言われた」

「あなたって、そんな人だったかしら」

竜崎は、視線をテレビから冴子の顔に移した。

「そんな人って、どういうことだ？」

「誰が何と言おうと、行くべきだと思ったら行く。そういう人だと思ってた」

竜崎は再び、眼をテレビに戻した。

「現場に任せたほうがいいと思った」

「じゃあ、横須賀には行かないのね？」

「わからない。必要があれば行く」

「現場は横須賀の公園だと、テレビのニュースで言ってたけど、ひょっとして、ヴェルニー公園？」

公園の名前は発表したのだろうか。竜崎は、新聞記事やニュースを思い出そうとした。たしか、新聞にその名前があったように思った。

「そうだ」

「もし、現場に行くことがあったら、紫の薔薇の写真を撮ってきて」

すると、美紀が反応した。

「あ、紫の薔薇……。『ガラスの仮面』ね」

何のことかわからず、竜崎は冴子に尋ねた。

「なんで薔薇の写真を……」

「ヴェルニー公園は薔薇で有名なのよ。紫の薔薇があったはずよ。探してみて」

「殺人の捜査で現場に行って、そんなものを探せると思うか？」

「捜査は現場担当に任せるんでしょう？」

「もし、部長が出向くとなれば、何か重要な用事があるからだ。現場の捜査とは別に、何かの折衝とか……」

「誰と何の折衝？」

「例えばの話だ」

「薔薇を見るには、いい季節よ」

それに対して、美紀が言う。

「あら。薔薇って一年中咲いているイメージがあるんだけど……」

「もともと、薔薇は春咲きの花で、五月が見頃なの。品種改良で、今は四季咲きのものが多いから、そういう印象があるのね」

竜崎は再び冴子の顔を見た。

「薔薇なんかに詳しいとは知らなかった」

「これくらいは、常識の範疇だと思うけど」

「俺は、花の常識なんて知らない」

すると、美紀が言う。

「私も知らない」

「まあ、あなたたちはそうでしょうね」

ニュースが終わり、バラエティーの時間帯になったので、竜崎はテレビを消した。

ヴェルニー公園で、紫の薔薇を探している自分を想像してみた。あり得ないと思い、わずかに残っていたビールを飲み干した。

「被害者の身元がまだわかりません」

翌日の朝一番で、阿久津参事官が報告に来た。竜崎は尋ねた。

「身元のわかるものを身につけていなかったということか？」

「財布や名刺入れの類は持っていませんでした」

「物取りの犯行だろうか……」

「まだわかりません。予断は禁物です」

「そうだな。被害者の服装は？」

「ジャンパーに柄物のシャツ。作業ズボンでした。サラリーマンの恰好ではありませんね」

「何か肉体的な特徴は？　日に焼けているとか、手に何かのタコがあるとか……」

「特に報告はありません」

「解剖はどうなった？」

「今、大学の研究室等を当たって、引き受けてくれるところを探しています。東京と違って大学の数も限られているので、簡単にはいきません」

警視庁では当たり前のことが、他の道府県警ではそうではないということだ。わかっているつもりだが、まだ日常の感覚になっていないと、竜崎は反省した。

「他に何か……？」

「板橋課長や強行犯中隊が、横須賀に泊まり込むことになるので、そのための費用の決裁が必要になります」

大森署時代は、警視庁本部の捜査員を受け容れる側だったので、そんな費用のことを考えたこともなかった。

「課長決裁でいいんじゃないのか？」

「そうは参りません」

花「わかった。書類を回してくれ」

「それから……」

「何だ？」

「昨日のお尋ねの件です。八島圭介という人物は、新任でやってくる警務部長のことですね」

「そうだ」

「部長と同期だそうですね」

探「そのようだな……？」

「あまりよく覚えていないんだ」

阿久津が意外そうな顔をした。

「ハンモックナンバーが一番ですよ」

ハンモックナンバーというのは、旧帝国海軍・海軍兵学校の卒業席次、あるいは同期間の先任順位のことだ。

阿久津は、同期の中の成績順位のことを言っているらしい。

「つまり、同期入庁の中で、八島の成績が一番だったということか？」

「はい」

「入庁時の成績のことなんて、誰も知らないはずだが……」

「そういうことは、漏れ伝わるものです」

「しかし、そんなものは何の意味もない。入庁してから何ができるか、何をしたか、が重要なんだ」

「おっしゃるとおりだと思いますが、もし、私が一番だったとしたら、それを誇りに思うでしょう」

「一番じゃなかったのか？」

「残念ながら違います」

「そうか」

「ご自分は何番だったかご存じですか？」

「いや、知らんな」

「三番でいらっしゃいました」

「そうか」

別にそれほど興味はなかったが、ついでなので尋ねてみた。「一番は誰だ？」

「警視庁の伊丹刑事部長です」

「伊丹が一番……」

何だか意外だった。

阿久津参事官が言った。

「横須賀の件は、動きがあり次第、お知らせします」

「わかった」

阿久津参事官が出ていった。

しかし、入庁時の成績順位など、どこでどうやって調べるのだろうと、竜崎は思った。

阿久津参事官は実に油断ならないやつだが、味方につければ、それだけ頼りになるということだ。

竜崎は、書類の判押しを始めた。しばらくは、その仕事に没頭していたが、ふと阿久津参事官の話を思い出して、気になりはじめた。

伊丹が入庁時成績二番……。

しばらく手を止めていたが、やがて竜崎は携帯電話を取りだし、伊丹にかけた。

「どうした？」

「今、だいじょうぶか？」

「だいじょうぶと言えばだいじょうぶだし、そうじゃないと言えばそうじゃない。部長なんてそんなもんだろう。何だ？」

「たいしたことじゃないんで、忙しいならかけ直す」

「かまわないよ」

「八島圭介を覚えているか？」

「もちろん。そうか、福岡県警から神奈川県警に異動するということだったな。八島がどうした？」

「ハンモックナンバーが一番だと聞いた」

「聞いたって……。なんだ、知らなかったのか？」

「別に興味がないんでな」

「ふん、負け惜しみか？」

「そうじゃない」

「おまえは三番だったんだ」

「おまえが、二番だって？」

「そうだよ。おまえ、本当に知らなかったのか？」

「知らなかった。今日知って、意外だったので電話してみた」

「なんだよ、その意外だったって言うのは」

「本当にそう思ったんだ」

「失礼なやつだな。だが、まあ、俺自身も出来すぎだったと思ってる。試験直前だけ猛勉強したし、運良くヤマをかけたところが、バッチリ当たってな……」

「俺は特に、試験勉強をした記憶がないが……」

「おまえ、本当に嫌なやつだな」

「それで、八島というのは、どんなやつだ？」

「どんなやつって……、同期なんだから、覚えているだろう」

「佐藤本部長にもそう言われたんだが、実はほとんど覚えていない」

「だって、八島はおまえと同じで東大法学部卒だぞ。知らないはずはないだろう」

「おまえ、同じ学部の卒業生を全部覚えているのか？」

「いや、そういうわけじゃないが……」

「そうだろう。同じ学部だって覚えているやつなんて、ほんの一握りだ」

「そりゃそうだが……。八島は、二十二人の同期入庁の中の一人だよ。警察大学校の初任幹部科でもいっしょだった」

「初任幹部科は、たった四ヵ月だし、他の者のことを気にしている余裕はなかった」

「余裕がないというタマかよ」

「本当のことだ。実を言うと、警察官としてやっていく自信がなかった」

「今の発言、録音しておきたかったぞ」

「録音しなくても、いつでもどこでも言える。もう過去の話だからな」

「今は自信満々というわけか」

「もちろんだ。でなければ、幹部など務まらない」

「じゃあ、俺も本音を言うが、八島は鼻持ちならないやつだと思っていた」

「何が気に入らなかったんだ？」

「トップで入庁したことを鼻にかけていた」

「待て。国家公務員試験の順位なんて、俺たちは知らされなかった」

「やつは、どこからかその情報を仕入れたんだ。俺が二番だということも、あいつから聞いた。私立大学出身者が二番なんて、奇跡が起きたのか。でなければ、不正だな……。あいつは、そう言いやがった」

「当然の感想だろうな」

「おまえ、喧嘩(けんか)売ってんのか」

「俺がそう思っているわけじゃない。東大法学部出身の若者が考えそうなことだという意味だ」

「やつは、いろいろとコンプレックスを持っているようだった。それで、ハンモックナンバー一位にしがみつきたかったんじゃないのか」

「警察官としての仕事が始まれば、そんなものは何の関係もない」

「ああ。俺もそう思ってる。だから、俺が二番だなんて言ったことないだろう。おまえ、俺の下だけどな……」

「だから、そんな順位は意味がないと言ってるだろう」

そこで、伊丹は少しばかり声を落とした。

「あいつには気をつけろ」

「どういうことだ？」

「何かと黒い噂が付きまとっている」

「黒い噂？　どんな噂だ？」

「それは俺の口からは言えないな……。まあ、調べてみるんだな」

「思わせぶりな言い方はやめろ」

「これから神奈川県警でいっしょに働くんだろう。先入観を与えたくない。あくまでも噂で、事実かどうかわからないんだからな……。おっと、そろそろ仕事に戻るぞ」

「わかった」

　電話が切れた。


　その日の午後、阿久津参事官がやってきて、竜崎に告げた。

「目撃情報を入手したとのことです」

「横須賀の件か？」

「はい。遺体が発見された現場から、刃物のようなものを持って逃走する男を目撃したという人物を見つけたそうです」

「死亡推定時刻と一致するのか？」

「目撃者によると、当該人物が走り去ったのは、九日未明の午前三時頃のことだそうです。初動捜査の段階では、死亡推定時刻は九日午前零時から午前四時の間とのことですから、矛盾はしませんが……」

「では、その目撃情報はかなり有力だということだな」

「そういうことになってしまいますね」

「妙な言い方だな。何かあるのか？」

「逃走したのは、白人だったという証言なのです」

「白人……？」

竜崎は思わず聞き返していた。

阿久津参事官がうなずいた。

「恐れていたことが起きたのかもしれません」

「米軍関係者が被疑者の恐れがあるということだな？」

「そう考えて、手を打ったほうがいいと思います」

「だとしたら、本部長案件だ。すぐに本部長に面会を申し入れてくれ」

「了解しました」

阿久津参事官は、刑事部長室を出ていった三分後に、また戻ってきた。

「すぐに面会できるということです」

竜崎は立ち上がり、阿久津参事官とともに本部長室に向かった。

佐藤本部長は、誰かと面談中だった。竜崎たちが入って行くと、背を向けていたその人物が振り返った。

見覚えがあった。八島圭介だ。

佐藤本部長が言った。

「被疑者が外国人だって？」

竜崎はこたえた。

「まだそうと決まったわけではありません。それを示唆（しさ）するような目撃情報があったということです」

「米軍の動きは早いぞ。情報が伝わったら、すぐに海軍犯罪捜査局が動き出す」

竜崎は正直に言った。

「私はまだ、そうした事情を肌で感じることができません」

「だから、俺や参事官がいるんだよ」

佐藤本部長が阿久津参事官に言った。「俺、行かなきゃだめだよね？」

阿久津参事官が言った。

「海軍犯罪捜査局のトップか、司令部のトップと会談されたほうがいいと思います」

「そうだよなあ……。じゃあ、刑事部長といっしょに行ってくるか……」

佐藤本部長の言葉に対して、八島が言った。

「そいつはどうでしょう」

三人は八島に、さっと注目した。

八島は落ち着き払った態度で言った。

「何も、王将が動くことはありませんよ。ここは、飛車でも動かして、相手の出方を見るべきじゃないですか？」

佐藤本部長が八島に尋ねた。

「具体的に言ってよ」

「刑事部長が出向くべきでしょう」

八島はそう言って、竜崎を見た。

3

「どう思う？」

佐藤本部長が、竜崎を見て言った。

「トップ会談ということであれば、本部長がおいでになるべきだと思います」

竜崎がこたえると、佐藤本部長は考え込んだ。考える振りをしているだけかもしれない。

「けどね、王将が動くことはないという意見も、もっともだと思うんだよね。王将がちょろちょろするのは負け将棋だよな」

「将棋のことはよく知りません」

「え、意外だね。将棋とか碁とか強そうだけどね」

「どちらもやりません」

「トップ会談と言うけど、向こうのトップが出てくるとは限らないよね」

どうやら行きたくないらしい。竜崎は、そう思いながら言った。

「日米地位協定がらみとなれば、当然出てくるのではないでしょうか」

すると、八島が言った。

「トップということは、基地司令官ということになるでしょうが、現在の司令官は大佐だったと思います。刑事部長は警視長だから、そこそこ釣り合うと思いますが……」

竜崎は、八島に言った。

「階級の問題ではないだろう。役職は、責任の範囲を決めるものだ。基地司令官と刑事部長では釣り合わない」

「君ならやれるだろう」

「何をどうやれると言うんだ？」

「捜査の分担を決めるとか、被疑者の身柄をどちらが持っていくかとかの交渉だ」

「そうだな」

佐藤本部長が言った。「俺より、現場のことはずっと詳しいだろうから……」

竜崎は佐藤本部長に言った。

「行けと言われれば参ります」

「助かるなあ。じゃあ、そうしてよ」

「ただし、条件があります」

「何？」

「交渉の内容については、すべてお任せいただきたいのです」

「全権委任ってわけ？　わかったよ。それでいい」

「では、すぐに出かける準備をします」

「ああ、頼むよ」

竜崎と阿久津参事官は、本部長室を退出した。

部長室に戻ると、阿久津もついてきた。

「すぐに、横須賀署と連絡を取ってみます」

阿久津が言った。

「ああ、そうしてくれ。俺はいつでも出かけられる」

すぐに出ていくだろうと思ったが、阿久津はその場にとどまっていた。

「どうした？　まだ何かあるのか？」

「なぜなんだろうと思いまして……」

「なぜ？　何がだ？」

「八島警務部長は、米軍との交渉に、本部長を行かせたがらず、部長お一人がいらっしゃるように仕向けました」

「そうだな……」

「それはなぜだとお考えですか？」

「さあな。八島に訊いてみたらどうだ？」

「本当のことをこたえるとお思いですか？」

「他意がなければ、こたえるだろう」

「他意があるとしたら……？」

竜崎は、少しの間考えてから言った。

「本部長は、明らかに行きたくない様子だったから、ご機嫌を取ろうと思ったんじゃないのか」

「それだけでしょうか？」

「他に何がある？」

「わかりません。ですから……」

珍しく阿久津が言い淀んだ。

「何だ？」

「お気をつけになったほうがよろしいかと……」

竜崎は、その話を打ち切りたかった。

「横須賀署への連絡を頼む」

「ただちに……」

阿久津が部屋を出て行くと、竜崎は思った。

伊丹だけでなく阿久津も、八島に気をつけろと言った。阿久津は、八島については
ほとんど何も知らないはずだ。

それなのに、そんなことを言う。

八島の態度から怪しさを感じ取ったということだろうか。あるいは、阿久津のこと
だから、八島について何か調べ出したのかもしれない。

まあ、どうでもいいことだと、竜崎は思った。

新任の部長が、本部長に気に入られようとするのは、むしろ当たり前のことだ。

今のうちに、溜まっている書類に判を押しておこう。そう思ったとき、池辺刑事総
務課長がやってきて告げた。

「横須賀署は、いつでもいらしていただいてもいいと申しております。公用車の用意もで
きております」

「わかった」

積んである書類に眼をやってから言った。「すぐに行く」

刑事総務課の係員を同行させると、池辺課長が言ったが、それを断り、竜崎は一人で公用車に乗り込んだ。

車が走り出すと、妻の冴子に電話をした。

「今、横須賀に向かっている」

「あら、捜査本部？」

「そういうことは言えない」

「帰りは遅いということかしら」

「もしかしたら、今日は帰れないかもしれない」

「だったら、家に寄って着替えを持っていけばいいじゃない」

「いや、いざとなったら、下着やワイシャツを買えば済む。急いでいるんで、このまま横須賀に向かう」

「わかった。ヴェルニー公園に行ったら、紫の薔薇の写真をお願いね」

「それは約束できない」

竜崎は電話を切った。

横須賀署に到着したのは、午後四時を回った頃だった。玄関で、署長以下幹部たちが出迎える。

出迎えなどしている場合じゃないだろうと思ったが、わざわざそれを口に出すこともない。

大森署時代に会った横須賀署長はすでに異動し、今回は別の人物だった。名前は、安孫子真一。年齢は五十七歳だったはずだ。ノンキャリアの警視正だ。

安孫子署長が言った。

「署長室へご案内します」

竜崎はかぶりを振った。

「まず、捜査本部に行きましょう」

「わかりました。こちらです」

横須賀署は、二〇一五年に新庁舎になった。だからまだ、どこもかしこも新しく見える。

署長、警務課長らが同行し、最上階である五階に向かう。そこに講堂や術科の道場があり、講堂に捜査本部が作られているのだ。

捜査本部は、竜崎にとって馴染みの雰囲気だ。他のキャリアよりも現場の経験を積んでいるという自信がある。

「気をつけ」の号令がかかり、捜査本部の全員が起立した。

「こちらへどうぞ」

安孫子署長が、竜崎を幹部席に案内する。席に着いた竜崎は言った。

「仕事を続けてくれ。今後は、俺が入室するときに、気をつけをしなくていい」

捜査員たちが怪訝そうに顔を見合わせる。

幹部席で起立していた板橋捜査一課長が、渋い表情で言った。

「下々の者は、そういうわけにはいかないんですよ」

本部長が言ったとおり、なるべく顔を出さないほうがよさそうだと、竜崎は思った。

「いいから、着席して捜査を続けてくれ」

板橋課長が腰を下ろすと、捜査員たちも着席した。

安孫子署長が言った。

「何か、お言葉を……」

竜崎はかぶりを振った。

「何も言うことはありません。時間が惜しいので、さっそく目撃情報のことを聞きたい。現場から白人が逃走したんだそうですが……」

板橋課長がこたえた。

「目撃者の名前は、堂門繁。年齢は四十三歳で、会社員です」

「その目撃情報は確かなのか？」

「今、それを調べています」

竜崎は、安孫子署長に尋ねた。

「米軍は、何か言ってきましたか？」

「今のところは何も……。目撃情報のことはまだ発表していませんから……」

竜崎は言った。

「ならば、先手を打てるな」

安孫子署長が聞き返す。

「先手……？　こちらから、米軍に目撃情報について知らせるということですか？」

「そうです」

すると、板橋課長が言った。

「藪蛇になりませんか？」

「隠していても、いずれわかることだ」

「黙っていれば、時間稼ぎにはなりますよ。その間に裏を取れるかもしれません」

「隠すとろくなことがないんだ。目撃情報について知ったとき、米軍は、なぜ今まで隠していたと、我々を責めるだろう」

「責められるのが怖いのですか？」

板橋課長がそう言うと、安孫子署長が驚いた顔になった。課長が部長に言う言葉ではないと思ったのだろう。

竜崎は、板橋をよく知っているので、何とも思わなかった。

「怖くはないが、相手を有利な立場にするのは得策ではないと思う」

「教えてやる義理はないですよ」

「交渉事には、誠意が必要だ」

「いや、気合いと声のでかさですよ」

「それは、交渉とは言わないんじゃないのか？」

安孫子署長が言った。

「私も、板橋課長に賛成ですね。向こうが何か言ってくるまで、知らんぷりをしていたほうがいいです」

「それでは、俺が何のために来たのかわかりません。すぐに米軍と連絡を取ってください」

安孫子署長が、少しばかり困ったような顔になった。竜崎は尋ねた。

「どうしました？　何か問題がありますか？」

「実はまだ、通訳の手配ができておりません」

「必要ありません」

「英語が話せるのですか？」

「キャリアですから、それくらいはなんとか……」

「わかりました。では、すぐに……」

彼は警電の受話器に手を伸ばした。部下に手筈を整えさせるのだ。

板橋課長が言った。

「お訊きになりたいのは、目撃情報のことだけですか？　捜査の進捗状況をお知りになりたいんじゃないですか？」

竜崎はこたえた。

「捜査は、課長に任せる」

板橋課長がうなずいた。

「ようやく解剖を引き受けてくれる大学病院が見つかり、遺体を送りました」

「だから、任せると言ってるだろう」

「はい」

電話を切った安孫子署長が、竜崎に言った。

「アポを取るので、しばらくお待ちください」

「会談の相手は、基地司令官ですか？」

「たぶん、そうだと思います」

「わかりました」

竜崎は、捜査本部の幹部席で、知らせを待つことにした。


結局、その日の夕方まで待たされた。

その間、竜崎はただ捜査本部の様子を眺めているしかなかった。時間の無駄だと思ったが、こちらから米軍へのアポイントメントを申し込んだのだから、待つしかない。安孫子署長も幹部席から離れなかった。本当は署長室に戻りたいのだろう。押印しなければならない書類が山積みになっているはずだ。どこの署長も同じなのだ。

だが、竜崎がいるので席を離れられないのだろう。だからといって、出ていっていいと言ってやる気はなかった。どうしても署長室に戻りたかったら、自分の判断で席を立てばいいのだ。

米軍基地から連絡が来たのは、午後五時過ぎだった。

安孫子署長が言った。

「基地司令官を訪ねてくれということです」

「では、すぐに出かけます」

「私も同行させていただきます」

竜崎は驚いて尋ねた。

「その必要がありますか？」

「横須賀には横須賀のやり方があります。それを知っている者がごいっしょしたほうがいいと思います」

いっしょに来たいというのを拒否する理由もない。

「わかりました。では、行きましょう」

安孫子署長も、竜崎の公用車に乗り込んだ。「せっかくですから、ドブ板通りを通っていきましょう」

安孫子署長が言った。竜崎は聞き返した。

「有名ですが、何があるんですか？」

「商店街ですよ。飲食店もあります。スカジャンを売っている店が何軒かあります」

安孫子署長が運転席の係員に道案内をした。公用車は、細い路地に入っていく。道の両側には、間口の小さな商店や飲食店が軒を連ねている。

竜崎は言った。

「これがドブ板通りですか」

「そうです。昔はもっと活気があったそうです。つまり、今よりずっと物騒だったということらしいです」

安孫子署長が言ったとおり、スカジャンを陳列している店がある。だが、竜崎は興味がない。派手な刺繡の入ったジャンパーを、自分が着るとは思えない。

ドブ板通りを抜けて右折すると、広い通りが見えてきた。安孫子署長が言う。

「国道十六号です。あそこに歩道橋が見えるでしょう。その向こうがメインゲートです」

白く塗られた鉄柵のゲートが見えた。もちろん閉ざされている。

車を停めると、詰所からヘルメットに制服姿の兵士が運転席に近づいてきた。

係員が日本語で言った。

「神奈川県警です。基地司令官に会う約束をしています」

米兵が英語で身分証を出せと言っている。運転席の係員は、何を言われたのかわからなかったようで、戸惑っている。

竜崎は後部座席の窓を開けて、英語で言った。

「日本語の身分証を見てわかるのか？」

米兵は、竜崎のほうを見て言った。

「預かって確認する」

「手渡すわけにはいかない。持ち去られたり、破損したりすると困る」

米兵は同じ言葉を繰り返した。

「身分証は預かって確認する」

仕方ない。ここで言い争って時間を無駄にするわけにはいかない。

竜崎は、警察手帳を出した。紐（ひも）がついており、茄子鐶（なすかん）でワイシャツのボタン穴に留めてある。それを外して相手に渡さなければならなかった。

安孫子署長と、運転席の係員も同様に手帳を手渡した。それらを受け取った米兵は、のろのろとした足取りで詰所に戻っていった。

警察手帳を見ながら、仲間の兵士と何やら話し合っている。その様子を眺めていると、安孫子署長が言った。

「お見事な英語ですね。留学経験がおありですか？」

「いえ。海外で暮らした経験はありません」

「では、どうやって習得なさったのです？」

不思議なことを訊くと思いながら、竜崎はこたえた。

「勉強しました」

「私も学校で英語の勉強はしましたが、会話はできません」

「本気になれば習得できます」

「さすがにキャリアは違いますね」

「はい」

実際、英語をマスターするためにかなりの苦労をしている。小学校の高学年で、英語塾に通った。アメリカ人の神父がいるカトリック教会がやっていた塾で、最初に習ったのがネイティブの英語だったのがよかったようだ。

中学・高校でも、学校の授業だけでなく、英会話の教材を買ってもらって学んだ。

そして東大では、望めばかなりのレベルまで英語を習得することができる。例えば、将来研究者になるような連中は、英語で論文を書き、講義ができないと相手にされない。そのための語学修得システムが用意されている。竜崎は、東大でも必死で英語を学んだのだ。

おかげで、かなりのレベルの会話をこなすことができる。

米兵たちを見ると、彼らはまだ、何事か話し合っている。いっこうにゲートを開けようとしない。

竜崎は安孫子署長に尋ねた。

「こちらの名前は伝えてあるのですね？」

「ええ。部長のお名前を、ちゃんと伝えてあります」

「その確認に、こんなに手間取るなんて、怠慢ですね」

安孫子署長が肩をすくめた。

「日本人の感覚とは違いますよ」

ようやく先ほどの米兵が戻ってきた。その足取りものんびりしている。

「確認が取れた」

彼は三冊の警察手帳を竜崎に返して言った。「このままゲートを進むと、案内の者が待っている」

竜崎はうなずいて窓を閉めた。

白い鉄柵が開き、車がその中に進んでいく。とたんに空気が変わった気がした。広い敷地を贅沢に使って、建物が点在している。ドブ板通りがごちゃごちゃしていたので、よけいに雰囲気の違いを感じる。

ここはアメリカ合衆国なのだ。竜崎は基地内の景色を見て、そう思った。

4

基地司令官のオフィスは、想像していたよりも地味だった。机の奥には星条旗が立っている。その脇に並んでいるのは、米海軍旗と基地の旗だろうか。

来客用の応接セットも実にシンプルだ。机の前に椅子が並んでいて、司令官は席に着いたまま来客の応対ができる。アメリカのドラマでよく見かけるオフィスの形式だ。

竜崎と安孫子署長は、基地司令官と握手を交わして、机の前の椅子に座った。

司令官の名前は、ウォルター・ミラー。階級は八島が言っていたとおり大佐だ。外国人の年齢はよくわからないが、階級や役職から考えて五十代半ばだろうと、竜崎は思った。

白髪の交じった金髪で、眼の色は青だ。

「殺人事件のことでおいでだと聞きました」

ミラー大佐が言った。もちろん英語だ。

竜崎も英語でこたえた。

「はい。お知らせしたいことと、確認したいことがあって参りました」

「うかがいましょう」

「ヴェルニー公園で遺体が発見されたことは、ご存じのことと思います。刃物で刺されたあとがあったので、殺人事件として捜査をしています」

「殺人事件(マーダーケース)……」

ミラー大佐は、厳しい表情でつぶやいた。竜崎は、説明を続けた。

「有力な目撃情報が得られました。死亡推定時刻と見られる時間帯に、公園から刃物のようなものを持って走り去る人物を見たという者が現れたのです」

「捜査担当者にとっては朗報ですね」

「その人物は白人だったと、目撃者は言っています」

ミラー大佐の表情が、さらに険しくなった。

「確認させてください。刃物を持って現場から走り去った男が白人だったということですね?」

竜崎は訂正した。

「刃物ではなく、刃物のようなものです。そして、男(マン)とは申しておりません。人物(パーソン)と言ったのです」

「その人物が白人だったと……」

「目撃者はそう言っております」

「それは、犯人が米兵だということですか？」

「その可能性は否定できません。しかし、米軍関係者だと確認されたわけではありません。捜査は始まったばかりなのです」

「それで、我々に確認したいことと言うのは？」

「海軍犯罪捜査局です」

「なるほど。ＮＣＩＳに捜査してほしいということですか？」

「協力は歓迎しますが、我々が確認したいのは、お互いの仕事の領分です」

「領分……？」

「そうです。どこからどこまでが、日本の警察の領分で、どこからがＮＣＩＳの領分か、確認したいのです」

「それはつまり、捜査の邪魔をするなということですね」

「そうです」

竜崎は、はっきりとそうこたえた。相手は気分を害するかもしれない。だが、そんなことは気にすることはない。

こちらの要求をはっきり伝える。相手がそれを拒否したら、譲歩できる線を模索する。交渉はそう進めるべきだ。最初から忖度する必要などない。

「あなたたちに基地の中で捜査する権限はありません。ですから、基地の内部、そして米軍の士官と兵士については、ＮＣＩＳが調べる。基地の外のことについては、日本の警察が調べる。そういうことでいいのではないですか？」

「基本的にはそれでけっこうだと思います。ただし、それでは不都合が生じる場合があります」


「不都合が生じる場合？」

「被疑者が米軍の士官か兵士だった場合です。その場合でも、身柄を我々に渡していただきたいのです」

ミラー大佐は、険しい表情のまま言った。

「ＳＯＦＡをご存じですね？」

「ＳＯＦＡ……？」

竜崎が聞き返すと、隣にいる安孫子署長が言った。

「地位協定ですよ」

そうか、日米地位協定のことだった……。竜崎はそう思い、言った。

「はい。U.S.-Japan Status of Forces Agreement については存じておるつもりで

す」

「アメリカの軍法に服する者に対して、また基地内においては、アメリカの裁判権が優先するのですよ」

「日本国内で罪を犯した者は、米軍関係者でも日本の警察に引き渡していただくことになっているはずです」

「もし、日本で裁判を受けることになったとしても、被疑者の身柄を引き渡すのは、検察が起訴した後のことと決められています」

「それについて、同僚に確認したいと思いますが、よろしいでしょうか？」

「どうぞ。チーフ安孫子は、よくご存じのはずですから……」

竜崎は安孫子署長に尋ねた。

「ミラー司令官のことをご存じだったのですか？」

もちろん、日本語だ。

「公式な行事でお目にかかったことはあります。ですが、お話をしたことはほとんどありません」

竜崎は、ミラー大佐が言った裁判権や被疑者の引き渡しについて確認した。

安孫子署長はうなずいた。

「ミラー司令官のおっしゃるとおりです。しかし……」

「しかし？」

「実際に被疑者をどう扱うかは、現場の捜査官の判断によります」

「では、捜査担当者と話をしなければならないということですね」

「その必要があると思います」

竜崎は、ミラー大佐のほうを見て、そのことを英語で要求しようとした。すると、ミラー大佐が言った。

「捜査担当者ですね。では、NCISの者を呼びましょう」

竜崎はミラー大佐に尋ねた。

「日本語がわかるのですね？」

ミラー大佐は、日本語で言った。

「私は若い頃に、横須賀基地にいたことがあるのです。日本に興味を持ち、帰国してからも日本語の勉強をしました」

「なるほど、在日本の基地司令官としては、最適の人材ですね」

「軍も考えるのです。適材適所です」

適材適所などという言葉を知っているのだから、日本語のレベルはかなり高い。

「私としては、つたない英語よりも、このまま日本語で話をしたいのですが」

「私の日本語もつたないです。できれば、英語でお願いしたい」

竜崎が返事をするまえに、ミラー大佐は机上にある電話の受話器を取り命じた。

「エリオット・カーターに、来るように言ってくれ」

受話器を置いたミラー大佐に、竜崎は英語で言った。

「私は、喧嘩をしに来たわけではありません。お互いのためになるように、よい方法を見つけたいと考えているのです」

「私も同じです。横須賀にいる限りは、横須賀の人々に協力したいと考えています」

「では、我々の要求にこたえてください。被疑者の身柄はこちらにいただきます」

「私もそうしたいのですが、ＳＯＦＡを無視することはできません。私個人の思惑よりも、軍の方針が優先します」

竜崎は考え込んだ。

日米地位協定は曲者だ。正式には「日本国とアメリカ合衆国との間の相互協力及び安全保障条約第六条に基づく施設及び区域並びに日本国における合衆国軍隊の地位に関する協定」という。

こんな長たらしい名称をつけること自体が、実にばかげている。官僚か法律家にしか考えつかないことだ。この時点で、もう普通の感覚ではない。どこからもツッコミを入れられないように守りを固めようとすると、こういうことになってしまう。どうせ誰も、正式名称など使わないのだ。だったら、最初から「日米地位協定」でいいじゃないかと、竜崎は思う。

しばらく、沈黙が続いた。

ノックの音がして、茶色の髪に茶色の眼をした男が入室してきた。

「お呼びでしょうか」

「エリオット。こちらは、日本の警察のミスター竜崎と、チーフ安孫子だ。彼は、エリオット・カーター。NCISのFEFO局長です」

竜崎は尋ねた。

「FEFOというのは何のことですか?」

「Far East Field Office です」

「フィールドオフィス……」

竜崎がそうつぶやくと、安孫子署長が横から囁いた。

「我々は、極東本部と呼んでいます」

「極東本部……?」

「はい。日本だけではなく、中国、韓国、モンゴル、ロシア東部地域も担当しているようですから……」

エリオット・カーターは警察官というより役人だと、竜崎は感じた。ＦＢＩの上層部に会ったこともあるが、同じことを感じた。

竜崎と安孫子署長は、一度立ち上がって彼と握手した。二人は再び腰を下ろしたが、エリオット・カーター局長は立ったままだった。

ミラー大佐がカーター局長に言った。

「ヴェルニー公園で殺人事件があったそうだ」

「知っています」

「現場から刃物のようなものを持った白人が逃走するところを、目撃した者がいるということだ」

カーター局長は、竜崎と安孫子署長を順に見た。冷ややかな眼差(まなざ)しだと、竜崎は思った。

カーター局長がミラー大佐に言った。

「ただちに、捜査を開始しなければなりません」

「それについて、ミスター竜崎から提案があるそうだ」

「提案……?」

竜崎は英語で言った。

「もし、被疑者が米軍関係者であったとしても、こちらで取り調べ等ができるように、身柄をこちらにいただきたいのです」

カーター局長は無表情のままで言った。

「合衆国の軍法に従うすべての者については、我々に一次裁判権があるはずですが……」

ミラー大佐がカーター局長に言った。

「SOFAについては、ご存じだということだ」

「では、すでに話はついているということですね?」

「ミスター竜崎は、そう考えてはいないようだ」

「彼がどう考えていようが関係ありません。米軍に関わる犯罪は、すべて我々が捜査します。そして、合衆国の法律によって裁かれることになります」

竜崎は言った。

「刑法については属地主義が基本です」

つまり、犯罪が起きた国や地域の法律で裁かれるべきだということだ。

カーター局長が言った。

「基地は日本ではないのですよ。ここはアメリカ合衆国です。合衆国の国籍を持ち、合衆国の軍法に服する者が、合衆国の領土にいる。我々が捜査することが最も合理的です」

「遺体が発見されたのは、ヴェルニー公園です。日本国内で起きた事件なのですから、我々が捜査しなければなりません」

「殺人が基地内で行われ、遺体がヴェルニー公園に遺棄されたのかもしれません」

「仮定の話には反論する必要はありません」

竜崎は今のところ、一歩も引くつもりはない。

すると、ミラー大佐が言った。

「原則も大切だが、こういうことは臨機応変でやらなければならない。現場に任せてみてはどうかね？」

カーター局長がこたえた。

「上で方針を決めておかないと、現場が混乱するだけです」

「では、結論を保留にしよう。殺人がどこで起きたのかもまだ特定されていないのだろう。被疑者が米軍関係者かどうかも、まだわからない。もう少し、事実関係がはっきりしてから考え直してもいい」

そのミラー大佐の言葉に対して、カーター局長が言った。

「考え直しても、結論は同じです」

「捜査が進んだところで、捜査担当者の意見も聞いてみたい」

カーター局長はうなずいた。

「わかりました。明日までに担当者を決めます」

ミラー大佐が言った。

「明日以降、その捜査担当者と話をしてください」

竜崎はこたえた。

「横須賀署に捜査本部があるので、そこにいらっしゃるように伝えてください」

捜査本部を竜崎は、investigation headquarters ではなく、単に task force と表現した。ヘッドクォーターでは大げさ過ぎる。

カーター局長が言った。

「どうして、こちらからわざわざ訪ねなければならないのです？　別に我々は会いにいく必要があるとは思っていません」

すると、とりなすような口調でミラー大佐が言った。

「今日は、ミスター竜崎のほうからいらしてくださったんだ。次は、こちらから出向くべきだろう。それに、ミスター竜崎は、Assistant Chiefだからな。失礼があってはならない」

アメリカの警察は、土地によっていろいろな組織があり、一概に日本のそれとは比較できない。市警察だけでなく、郡の警察や州の警察もあり、それぞれに組織形態や役割が違う。

おそらく、ミラー大佐が言ったアシスタントチーフというのは、ニューヨーク市警あたりの階級だろうと、竜崎は思った。だとしたら、日本の警視長に当たる。

カーター局長は何も言わなかった。ミラー大佐は、それを了承の意思表示と解釈したようだった。

「では、明日、担当者と話をしてください。今日はご足労いただきありがとうございました」

会談は終わった。竜崎が立ち上がると、安孫子署長もそれにならった。

帰路は、ドブ板通りを通らなかった。車中で、安孫子署長が竜崎に尋ねた。

「だいたい何を話されているのかはわかりましたが、すべてを正確に理解できたわけではありません。どういう話になったのですか？」

「米軍の関係者であろうがなかろうが、被疑者の身柄を渡してもらうと言ったところ、司令官は結論を保留にすると言いました」

「結論を保留に……」

「もっと捜査が進まないと、判断ができないと考えたのでしょう。そして、現場の捜査官の意見も聞きたいと言っていました。明日、担当捜査官が捜査本部を訪ねてくるはずです」

「今日の様子を拝見すると、通訳は必要なさそうですね」

「どうでしょう……。捜査上の突っこんだ話になると、ボキャブラリーが心配です」

「では、なんとか探してみましょう」

「お願いします」

「今日は帰宅なさいますか？」

竜崎は考えた。横須賀横浜間は、車で四十分ほどだ。帰宅して、明日また出直せばいい。そうすれば、いくらかは県警本部で仕事ができる。

しかし、せっかく現場に来たのだから、このまま帰るのも、もったいないような気がする。明日、また横須賀にやってくる移動の時間も無駄に思える。

竜崎はこたえた。

「今日はこちらに泊まることにします」

「では、宿を用意しましょう」

「捜査一課の連中はどうするんです？」

「どこの捜査本部でも同じですが、柔道場に敷いた布団（ふとん）で寝たり……」

「課長も、ですか？」

「さすがに課長や中隊長は、署の仮眠所を使ってもらうことになると思いますが……」

「じゃあ、私もそこでいい」

「とんでもない。部長にそんな扱いをしたとなれば、私の立場がありません。どうか、私の言うとおりにしてください」

竜崎が何か言う前に、安孫子署長は携帯電話を取り出して、どこかにかけた。

電話を切ると、彼は運転席の係員に言った。

「京急の汐入（しおいり）駅のほうに向かってくれ」

案内されたのは、横須賀の軍港を見下ろす高級ホテルだった。

竜崎は安孫子署長に言った。

「こんな高そうなホテルに泊まる必要はありません」

「ご心配なく。一番安い部屋しか用意できませんから……。実は私の顔で、特別料金にしてもらえるのです」

「公務員として、やましいことはしていないでしょうね」

「決して、そんなことはありません」

安孫子署長自ら、フロントでチェックインの手続きをしてくれた。

「では、ごゆっくり」

「署長は、これからどうされるのですか？」

「捜査本部に顔を出してみようと思います。その後は、署長室で書類の決裁ですかね……」

「では、私も捜査本部へ行きましょう」

「今日は、このままお休みください」

竜崎は、しばらく考えてからこたえた。

「そうさせてもらいましょう。英語の交渉でひどく疲れました」

「そうでしょう」

「ところで、現場のヴェルニー公園はここから遠いのですか？」

「国道を渡ったところにある公園がそうです。目と鼻の先ですよ」

「そうでしたか……」

「では、私はこれで失礼します」

竜崎は安孫子署長を、公用車で横須賀署まで送らせることにした。

部屋に入ると、疲れがどっと出た。米軍基地での交渉は、思ったよりも負担が大きかった。

すぐにヴェルニー公園に行ってみようかとも思っていたのだが、しばらく休まないと動けそうにない。

ベッドにごろりと横たわり、携帯電話を取り出した。冴子に、横須賀に泊まることを告げようと思った。

「ちょうど電話しようかと思っていたところだったの」

「今日は、横須賀に泊まる」

「わかったわ」

「何で電話しようと思っていたんだ？」

「美紀が会社から電話してきて、変なことを言ったのよ」

「変なこと？」

「邦彦(くにひこ)が、ポーランドの警察に逮捕されたかもしれないって……」

どういうことだ……。竜崎は、思わず上体を起こしていた。

5

「いったい、何を言ってるんだ？」

竜崎は尋ねた。「邦彦が逮捕されたって、どういうことだ？」

「よくわからないのよ」

「美紀から話を聞いたんだろう？」

「美紀もよくわかっていないみたいで……」

「どこからそんな情報を得たんだ？」

「友達が知らせてきたと言うんだけど……」

「その友達というのは何者だ？」

「わからないわ。美紀はそこまでは言っていなかったから。でも、美紀はネットで邦彦が逮捕されるところの写真を見たって言ってた」

「ネットで写真？　どんなサイトのどんな写真だ？」

「詳しいことはわからないの。知らせようかどうか、迷ったんだけど……」

「美紀から直接話を聞いたほうがいいな。電話してみる」

「まだ仕事中かもしれないわ」

竜崎は時計を見た。午後六時四十五分だ。

「とにかく、電話してみる。確かなことがわかるまで、騒ぎ立てたりはするな」

「ええ、わかってるわ。じゃあ……」

竜崎は電話を切ると、すぐに美紀にかけた。

「あ、お父さん。邦彦の件ね？」

「事情を説明してくれ」

「今、電車に乗るところなの。説明は帰ってからでいい？」

「何分後だ？」

「一時間後ね」

「わかった」

竜崎は電話を切った。次に美紀と話をするまでに、夕食を済ませておこうと思った。だが、外食をするのに一時間は、少々心許(こころもと)ない。

竜崎は、ホテルを出て隣にあるコンビニに入った。そこで弁当とペットボトルのお茶を買った。

コンビニ弁当は栄養のバランスの点で問題があるとか、危険な防腐剤が入っているとか、いろいろと言われているが、実際は別に何の問題もないと、竜崎は思っている。毎日、何年も食べつづければ、何らかの悪影響があるかもしれない。だが、どんな食べ物も決して安全とは言えないし、過剰摂取すれば毒にもなるのだ。たぶん自分はこれまで、コンビニ弁当なんかより、よっぽど体に悪いものを食べてきたはずだと思った。

竜崎は、どんなものを食べてもそれほどまずいとは思わない。だから、コンビニの弁当でも別に不満はなかった。食べてエネルギー源になればそれでいい。

外食が面倒なら、ルームサービスでも頼めばいい。だが、横須賀署がホテル代を払うと思うと、それははばかられた。

部屋に戻り、弁当をそそくさと片づける。警察官はたいてい早飯だが、竜崎も例外ではない。

夕食を終えてしばらくすると、美紀から電話があった。

「話を聞こう」

竜崎が言うと、美紀は説明を始めた。

「友達が、ＳＮＳに邦彦の写真が載っていると、教えてくれたの」

「ネットというのは、ＳＮＳのことなのか？」

「そう」

「その友達というのは何者だ？」

「学生時代の友達で、今は音楽関係のライターをやっている。彼女が、ワルシャワフィルハーモニーについて調べている最中に、偶然見つけたらしいわ」

ワルシャワフィルハーモニーと美紀が言ったのは、ワルシャワ国立フィルハーモニー管弦楽団のことだ。竜崎も名前は知っていた。

「邦彦が逮捕されるときの写真だったということだが……」

「手錠をかけられて、両側から警察官みたいな人に腕をつかまれていた。どう見ても逮捕の瞬間だったわ」

「その写真を見たのか？」

「友達がダウンロードして送ってくれた」

「それをこっちに送ってくれ」

「わかった」

「……で、どうして逮捕されたのかわからないのか？」

「わからない。その写真は、ポーランド語のSNSに載っていたらしいわ。英語ならなんとかなるけど、ポーランド語なんてお手上げよ」

「そのSNSの記事は取ってあるのか？」

「友達は写真しか送ってくれなかった」

「記事そのものは？」

「写真しかないわ」

「どうしてだ」

「どうしてって……。そんなこと、友達に訊かなけりゃわからないわ。写真があれば事情はわかると思ったんじゃない？　どうせ、ポーランド語なんてわからないし……」

「ポーランド語を理解できる人に、読んでもらえばいい」

「だから、その記事を見つけたのは私じゃないんだってば」

たしかに美紀を責めても仕方のないことだ。

予期せぬ出来事に遭遇すると、たいていの人は動転してしまう。そういう場合、よほど訓練を積んだ者でないと、合理的な行動を取れないものだ。

「じゃあ、その写真を送ってくれ」

「わかった」

すぐに写真が届いた。

竜崎は、その画像を開いてみた。粒子の粗い画像で、おそらく動画から静止画を作成したものだ。

ポーランド人らしい人々の中に、東洋人が一人いる。それは間違いなく邦彦に見えた。

その人物は手錠をはめられている。白人のうち二人が制服を着ている。彼らは警察官らしい。

花「この写真を見る限り、おまえが言うとおり、警察に逮捕されたとしか思えないな」

「そうでしょう?」

「問題は、どんな容疑で逮捕されたか、だ」

「本当に逮捕されたんだと思う?」

「判断材料がこの写真しかないのだから、現時点ではそう思うしかない。知らせてきた友達は、ポーランド語は読めないのか?」

探「読めない」

「最近のブラウザやSNSには、翻訳機能があるんじゃないのか?」

「試してみたけど、ほとんど意味を成さなかったそうよ」

「SNSの中に、まだその記事があるんじゃないのか?」

「それが、さっきから探しているんだけど、見つからないの。削除されたのかもしれない」

「削除……？　なぜだ？」

「知らないわよ」

「見つけたら、必ずちゃんと保存しておくんだ」

「わかった」

それから、美紀は言いにくそうに「ねえ」と言った。

「何だ？」

「お父さんの伝手で、調べられる人はいないの？」

「咄嗟には思い浮かばない」

「探してみてよ。お父さんも、邦彦のことは心配でしょう？」

「もちろん、心配だ」

「私も記事を探して、できれば、ポーランド語がわかる人を見つけるから……」

「わかった」

そう言うしかなかった。

「お母さんに何か言うことある？」

「事実が確認できるまで、余計な心配はするな。そう言ってくれ」

「わかった」

竜崎は電話を切った。

そして、あらためて画像を見た。

何が起こったのか、その画像から読み取ろうとした。

防犯カメラの映像から作られた静止画などは、決定的な証拠だと思われがちだ。だが、決してそうではないことを、竜崎は経験上知っていた。

静止画からは、その前後に何が起きたかを知ることができない。だから、故意に事実を歪（ゆが）めることも可能だ。

例えば、二人の男が握手を交わしている静止画があるとする。その次の瞬間、二人は殴り合いを始めているかもしれない。だが、静止画だけを見せて、彼らは友好的な関係だと主張することもできるのだ。

写真もトリミング次第で、意味合いが変わることがある。週刊誌などがよく使う手だ。

もし、動画が手に入れば、邦彦の身に何が起きたのか、明らかになるかもしれない。

しかし、今はそれを入手することができない。

一枚の静止画から想像するしかない。そして、そうした想像が正しいとは限らない。事実とまったく違う思い込みをしてしまうかもしれない。

手錠をされた邦彦。無表情な制服の白人。その周囲にも、何人かいるようにも見える。

逮捕された被疑者の両親はたいてい、「うちの子に限って」と言う。

竜崎もそのようなことを考えそうになっている自分に気づいた。邦彦が逮捕される理由が思いつかない。

そこまで考えて、ふと過去の出来事が頭をよぎった。

邦彦は、薬物の所持で逮捕されたことがある。それが、警察庁から大森署への異動の理由の一つとなったのだ。

まさか、また薬物に手を出したのではないだろうな。だとしたら、救済の手立てはない。現地で刑に服するしかない。

今、あれこれ考えても仕方がない。やがて竜崎はそう思った。時計を見ると、午後八時十五分だ。

まだ寝るには早いし、部屋にいても落ち着かない。竜崎は散歩に出ることにした。

ホテルを出て、歩道橋を渡り、ヴェルニー公園に向かった。港に沿った細長い公園だ。遊歩道をすべて歩いても、そんなに時間はかからない。

現場検証も終わっているので、規制線も撤去されている。すっかり日が暮れていて人影がない。いつもそうなのか、殺人事件の影響なのか、竜崎にはわからない。

正確な殺人現場がどこなのか、まだ聞いていなかった。ただ、現場がどんなところなのか見てみたかっただけだ。捜査に口出しするつもりはない。

なるほど、冴子が言っていたとおり、薔薇の花が咲いている。それを眺めながら、歩き続けた。

いつしか自分が、紫の薔薇を探しているのに気づいた。現場を見るついでだと、自分に言い訳をしていた。

歩を進めるにつれて、薔薇の色が変化していく。最初はピンク、やがて赤い薔薇が見えてきた。

公園のほぼ中央に、二つの胸像が並んでいた。一つは、フランソワ・レオンス・ヴェルニー。この公園の名の元になった人物だ。

幕末に横須賀造船所を建設するために来日したフランス人だという。

その隣には、小栗上野介忠順の像があった。たしか、幕末に勘定奉行をやっていた人物だ。横須賀造船所建設のために奔走したことで知られている。幕末というと薩摩・長州ばかりが取り沙汰される。そんな中で、小栗上野介のような優秀な幕臣の銅像があるこの公園は、実に好ましいと竜崎は思った。

その先を見やると、カフェレストランや記念館などの施設が見える。閉まっている施設を見てもしかたがないと、竜崎はそこから引き返すことにした。

ホテルの部屋に戻ると、バスタブに湯を張った。捜査本部の連中は、ゆっくり風呂に入ることもできない。少々申し訳なく思ったが、竜崎もいつそうなるかわからない。入浴・食事・睡眠、いずれもできるときにやっておくべきだ。それが警察官の心得だ。

九時になると、テレビをつけてＮＨＫのニュースを見た。項目だけをチェックする。横須賀の事件の続報はなかった。

ふと、美紀の言葉を思い出した。

邦彦の件を調べられる伝手はないかと言っていた。ポーランドの事情を調べられるとしたら外務省だ。

竜崎は、内山昭之のことを思い出した。かつて、ある殺人事件で関わりのあった外務官僚だ。外務省職員とそのＯＢが、麻薬カルテル絡みで殺害された事件だった。

当時、内山は国際情報統括官組織の第三国際情報官室にいた。あれからずいぶん経つから、ひょっとしたら異動しているかもしれない。

竜崎はそう思いながら、携帯電話の連絡帳で彼の名前を検索した。携帯電話の番号が見つかったのでかけてみた。

　呼び出し音が五回で相手が出た。

「竜崎さんですか？」

「そうです。内山さんですね」

「ご無沙汰していました。どうしてますか？」

「今は神奈川県警におります。そちらは……？」

「相変わらずですよ」

「……ということは、第三国際情報官室ですか？」

「そうです」

「突然電話をして申し訳ありません。実は、相談事がありまして……」

「ほう、相談事……」

「息子がポーランドに留学をしています」

「大学生ですか？」

「はい」

「東大ですか？」

「そうです」

「やはりね。それで……？」

「息子が逮捕された写真がＳＮＳに載ったという知らせがありました。実際に写真を見ましたが、たしかに息子は手錠をかけられ、警察官らしい人物に拘束されている様子でした」

「待ってください……。それはどういうことなんです？」

「わかりません。それで電話した次第です。海外の事情を知るにはまず、外務省だと思いまして……」

「それはご心配でしょう。わかりました。調べてみましょう」

「お手数をかけます」

「他ならぬ竜崎さんのためです」

俺たちはそんな関係だっただろうか。疑問に思ったが、それは口に出さないことにした。物事の受け取り方は、人それぞれだ。

「お願いします。何かあったら、この電話番号にお願いします」

「わかりました。では……」

電話が切れた。

風呂場に行くと、湯があふれそうになっており、あわてて蛇口を捻（ひね）った。

邦彦に関しては、今は美紀や内山からの報告を待つしかない。竜崎にできることはないのだ。

そう腹を決めて、風呂に入ることにした。


翌日、公用車で横須賀署に向かい、午前九時に捜査本部に顔を出した。

相変わらず、総員気をつけで、竜崎を出迎える。すでに幹部席には、安孫子署長と板橋課長の姿があった。

席に着いた竜崎は、隣の板橋に言った。

「気をつけで出迎える必要はないと言っただろう」

「そうはいかないと申し上げたはずです」

そういうものかと、竜崎は思った。

板橋課長が続けて言った。

「現在、目撃情報のあった白人男性の行方（ゆくえ）を追っていますが、まだ手がかりはありません」

竜崎はこたえた。

「捜査は課長に任せるから、いちいち報告しなくていい」

「我々に丸投げですか？」

「そうじゃない。責任は私が取る。現場に口出ししたくないだけだ」

「しかし、私には報告の義務があります」

「だったら、重要なことだけ報告してくれ」

「わかりました」

講堂内は閑散としている。捜査員たちはすでに外に出かけているのだ。

午前九時半頃、連絡係の制服警官が幹部席にやってきた。叱られた子供のような顔をしている。

板橋課長が尋ねた。

「どうした？」

「あの……。外線の入電なんですが、英語なんで何を言ってるのかわからないんです」

それを聞いて竜崎が言った。

「私が出よう」

幹部席にある電話の受話器を取った。連絡係はほっとした様子でその場を離れていった。

竜崎は英語で言った。

「刑事部長の竜崎です」

「NCISです。今から、捜査担当者がそちらに向かいます」

「了解しました。その方のお名前は？」

「スペシャル・エージェント・リチャード・キジマです」

「お待ち申し上げております」

電話が切れた。

竜崎は受話器を戻すと、今の内容を安孫子署長と板橋課長に告げた。

板橋課長が眉(まゆ)をひそめた。

「ここに……？　何しに来るんです？」

「今後の捜査について話し合うためだ」

竜崎はこたえた。「NCISの協力なしには捜査は進まないだろう」

「協力はいいですが、邪魔は困ります」

「だから、それを話し合うために来てもらうんだ」

「そいつを捜査本部内に立ち入らせないほうがいいです」

「なぜだ？」

「捜査本部に参加しているという既成事実にされかねません」

竜崎は眉をひそめた。

「言ってることが、よくわからないんだが……」

「つまりですね、捜査から締め出したくても、捜査本部の一員だと主張して好き勝手をやりかねない、ということです」

「だから、そういうことのないように話し合いをしようと言うんだ」

板橋課長は、ちらりと安孫子署長を見た。竜崎はその視線が気になった。

「じゃあ、しっかり釘(くぎ)を刺して下さい」

「そのつもりだ」

竜崎は板橋課長にそう言ってから、安孫子署長に尋ねた。

「それでよろしいですね？」

安孫子署長は難しい表情でしばらく考えていたが、やがて言った。

「とにかく、相手の出方を見ましょう」

6

十時過ぎにリチャード・キジマ特別捜査官が、捜査本部にやってきた。東洋系の巨漢だった。名前からして日系だろう。

竜崎が席を立ったので、安孫子署長も立ち上がる。板橋課長も、しぶしぶという様子で腰を上げた。

竜崎は、リチャード・キジマに、英語で言った。

「Criminal investigations director の竜崎です。こちらは、Chief 安孫子と Section manager の板橋……」

すると、キジマ特別捜査官は日本語で言った。

「竜崎刑事部長、安孫子署長、板橋課長ですね」

「日本語が話せるのですね？」

「母がハワイ生まれの日系でした。母や母方の祖父・祖母のおかげで日本語が話せます。大学で勉強もしました。横須賀で働けるのも、そのおかげです」

「日本語で打ち合わせができるので、ほっとしました」

安孫子署長が言った。

「部長。あちらに席を用意しましたので……」

彼が指さしたのは、管理官席の方向だった。テーブルの周囲にパイプ椅子が置かれていた。

竜崎、キジマ特別捜査官、そして安孫子署長がそちらに移動した。

板橋課長は幹部席に残ったままだった。なるべく関わりたくないという態度だった。

だが、実際にキジマ特別捜査官が動きはじめたら、関わらずにはいられないはずだ。

竜崎は、板橋課長に声をかけた。

「課長も来てくれ」

「その必要がありますか？」

「必要があるから呼んでいる」

板橋課長は、再びしぶしぶと立ち上がり、やってきた。

テーブルを囲んで四人が席に着いた。竜崎の向かい側がキジマ特別捜査官、右手に板橋課長、左手に安孫子署長という並びだ。

竜崎は言った。

「事件の概要についてはご存じですか？」

キジマがこたえる。

「ニュースで見て知っているくらいですね。ぜひ、詳しいことを教えてもらいたいです」

アクセントもほぼ完璧な日本語だ。

「その前に、いくつか確認しておきたいことがあります」

「そちらが言いたいことはわかっています。局長から話を聞きましたから。お互いに縄張りを守るべきだということですね」

「被疑者の身柄は、こちらが預かりたいと、カーター局長に申し入れてあります」

「知っています。しかし、局長はそれを認めようとはしないでしょうね」

「現場担当者の判断によるということでしたが……。つまり、あなた次第だということですね？」

キジマ特別捜査官は、笑みを浮かべた。髪を短く刈っており、いかつい顔だが、笑うと意外に人なつこい顔になった。

「まあ、そういうことになりますね……。ただ、私も局長に睨まれたくはありません」

「被疑者の身柄を我々に預けたくないということですか？」

「場合によりますね。被疑者が米軍の人間なら、私たちが調べるのが自然だと思います。NCISはそのための機関ですから……」

「わが国で起きた事件は、わが国の法律で裁きます」

「米軍と日本政府は常にそういうことについて、話し合いを続けています」

竜崎はうなずいた。

「日米合同委員会ですね」

地位協定をどう運営するかについて話し合うための実務者会議だ。メンバーは、日本の官僚と米軍トップだ。政治家は含まれていない。

米軍の要求を日本の法体系の中で何とか実現させるために官僚たちが必死で努力する。そのための会議だという批判がある。

実情はどうなのか、竜崎にはわからない。だから、批判的な意見だけに耳を傾けるのはどうかと思うが、歴代検事総長のほとんどがこの会議のメンバーだったとか、怪しげな噂(うわさ)は尽きない。

つまり、検察のトップが米軍の要求を聞くための会議に出席した経験があるということだ。陰謀論好きな人々は、日本の司法に米軍が強く影響を及ぼしていると主張している。

そもそも、こうした日本政府と米軍の関係が普通ではないと、竜崎は思っている。本来ならば、アメリカ大使館と交渉すべきところを、なぜか米軍と話し合う仕組みになっているのだ。

この事実から、まだ日本は米軍に占領されているのだと主張する人もいる。

キジマが言った。

「そうです。米日合同委員会。私は、それによって決められた枠組みの中で仕事をしています」

「私は、一次裁判権についてあれこれ言っているわけではありません。捜査の過程で、被疑者の身柄をこちらが預かりたいと言っているだけです。先ほども言ったように、それについては、現場の担当捜査官、つまり、あなたに裁量権があると理解していますが……」

「被疑者が軍人や軍属であった場合、いずれはこちらに引き渡してもらうことになると思います」

「引き渡しについては、別途の交渉になると思います」

キジマはしばらく、何事か考えていた。やがて彼は言った。

「いいでしょう。被疑者が逮捕されたら、いったん日本の警察が身柄を拘束する。そういうことにしましょう。ただし……」

「ただし？」

「条件があります」

「何でしょう？」

「私もこの捜査本部に参加して、いっしょに捜査をすることです」

竜崎は、特に問題はないと思い、うなずいた。

「いいでしょう」

そのとき、安孫子署長が厳しい口調で言った。

「とんでもない。そんなことを認めるわけにはいきません」

温厚で物静かな人だと思っていたので、竜崎は驚いた。

「どうしてです？」

安孫子署長が竜崎に向かって言った。

「とにかく、認めるわけにはいかないのです」

「理由を説明してください」

すると、安孫子署長は幹部席のほうを指さして言った。

「あちらで、ご説明します」

竜崎は言った。

「キジマ特別捜査官に聞かれたくないということですか」

安孫子署長は言い淀んだ。

「ええ、まあ……」

「キジマさんからの申し入れを認められないと言いながら、その理由を本人に聞かれたくないというのは、理屈が通らないのではないですか?」

安孫子署長が顔をしかめていると、板橋課長が言った。

「横須賀には、いろいろと事情があるんです」

竜崎は言った。

「その事情も含めて、お聞かせいただきたい」

安孫子署長は、竜崎、キジマ、板橋課長の顔を順に見回してから言った。

「今話題になっていた地位協定や合同委員会です。それらを問題視している人たちが大勢いて、横須賀や沖縄など米軍基地のある土地は、その最前線なのです」

竜崎は言った。

「それはわかっています。ですから、こうしてキジマさんと話し合っているのです」

「部長は、横須賀が置かれている厳しい現状をよくご存じないようだ」

「その自覚はあります。ですからここで、ちゃんと説明をしていただきたいのです」

「捜査本部にはマスコミも注目しています。NCISの捜査員が動く。それだけで、マスコミは反応するのです。それが、捜査本部に出入りしているなどということになったら、どんな騒ぎになるか……」

「問題はマスコミの眼ですか……」

「それは第一段階です。まず、マスコミが過剰に取り上げる。それを受けて、日米地位協定を問題視している勢力が発言を繰り返す。そうなれば、県警の上層部だって黙っていないでしょう」

竜崎はきょとんとして言った。

「私がその、県警の上層部だと思うのですが……」

安孫子署長は、一瞬戸惑いの表情を浮かべてから発言を続けた。

「私が言いたいのは、本部長がどう思われるかということでして……。あと、警務部長とか……」

竜崎は、佐藤本部長と八島警務部長の顔を思い浮かべた。

「私は、米軍との交渉を全面的に任されているので、その点は問題ないと思います」

安孫子署長が何か言いたげにしている。だが、言葉が出てこないようだ。

それに代わって、板橋課長が言った。

「署長が一番懸念されているのは、住民感情だと思います。現場の警察にとって、それが何より重要です」

「なるほど……。それは納得のできる意見です。では、先手を打ちましょう」

「先手……？」

板橋課長が聞き返した。安孫子署長も、板橋課長と同じような表情で竜崎を見ていた。

「そう」

竜崎はこたえた。「マスコミが察知する前に、記者発表をするのです」

板橋課長が尋ねた。

「ＮＣＩＳの捜査官が、捜査本部に参加することを、ですか？」

すると、キジマが訂正した。

「捜査官ではなく、特別捜査官です」

ＦＢＩなどと同じＧメンであることを強調したかったのだろう。

竜崎は板橋課長に言った。

「そうだ。俺が直接、マスコミに説明する」

安孫子署長と板橋課長が顔を見合わせた。

板橋課長が言った。

「ちゃんと記者発表で説明したとしても、批判的な論調の報道をするところが必ず出ます。それは抑えきれませんよ」

安孫子署長がそれに付け加えるように言った。

「最近は、ネットも気になります」

「好意的な報道も期待できるということでしょう。批判的な報道一辺倒よりはずっといい。むしろ、さまざまな見方があるほうが健全な社会だと思います」

板橋課長が言った。

「好意的な報道などあり得ますかね……」

「説明次第だと思う」

安孫子署長が竜崎に言った。

「交渉を全面的に任されているとおっしゃいましたね」

「はい」

「では本当に、後々本部長や警務部長が何か言ってくることはありませんね？」

「もしそういうことがあっても、私が受け止めます。責任は私にありますから」

安孫子署長はしばし、無言で竜崎を見つめていた。

「何です？」

竜崎は言った。「私が何か変なことを言いましたか？」

「いえ……。本部の方がそんなことをおっしゃるのを、初めて聞いたように思ったもので……」

どうでもいいことだと思った。

竜崎は、キジマ特別捜査官に言った。

「……というわけで、そちらの条件は呑めるということです」

キジマ特別捜査官が、肩をすくめて言った。

「どこもいろいろとたいへんですね」

他人事ではないのだ。そう思ったが、竜崎は黙っていることにした。

「それで……」

安孫子署長が竜崎に尋ねた。「記者発表はいつにします？」

「今日これからでもかまいません」

安孫子署長は、驚いた顔で言った。

「何も準備ができていません」

「今、十時半を回ったところです。定例の記者発表がまだなら、それに便乗してもいい」

「それにしても……。記者会見なら、それなりの体裁を整えないと……。事前の告知も必要です」

「ぶら下がりでいい。それならすぐにできるでしょう」

「待ってください。副署長に確認します」

安孫子署長は立ち上がり、近くの警電の受話器を取った。

キジマ特別捜査官が言った。

「私も同席しますか？」

竜崎は板橋課長に尋ねた。

「どう思う？」

板橋課長はかぶりを振った。

「顔を出すべきではありませんね。記者たちがどんな反応を示すか、まだわからないんです」

それを聞いてキジマ特別捜査官が、無言で肩をすくめた。了解したということだろう。

安孫子署長が戻ってきて告げた。

「ちょうどこれから発表をするところだったそうです」

竜崎は立ち上がった。

「では、行きましょう。署長もご同行願います」

どこの警察署も、だいたいレイアウトは似通っている。署長室の前に副署長席があり、記者はたいていその周辺に溜まっている。

「あ、竜崎部長ですね」

記者の一人が言った。自分の顔を知っている記者などいないだろうと思っていたので、声をかけられて、竜崎は驚いた。

県警の広報誌か何かで写真をチェックしていたのだろうか。あるいは、インターネットか……。

竜崎は言った。

「刑事部長の竜崎です。私から発表したいことがあります」

竜崎の後ろに安孫子署長がいる。副署長は席の近くに立ったままだ。気づくと、周囲の署員が起立していた。

竜崎と安孫子署長を、記者たちが囲んだ。竜崎は、ヴェルニー公園の事件の捜査においてＮＣＩＳの特別捜査官の協力を得ることになったと告げた。

記者たちに緊張が走るのがわかった。

竜崎は説明を続けた。

「当事案では、米海軍犯罪捜査局の協力が必要と判断したのが、その理由です。こちらからは以上です」

先ほど、竜崎の名を呼んだ記者が手を挙げて言った。

「アメリカ軍の協力が必要だとお考えになったのはなぜですか？」

竜崎は、安孫子署長に小声で確認した。

「例のことは発表しているのか？」

殺人現場から白人男性が逃走したという目撃情報のことだ。

安孫子署長は無言でかぶりを振った。

竜崎は記者に言った。

「遺体の発見場所が、米軍施設の近くであることを考慮してのことです」

同じ記者が質問を続ける。

「基地の近くで事件が起きるのは珍しいことじゃありません。なのに、ＮＣＩＳといっしょに捜査するなんて、今まで聞いたこともない。この事件だけ何か特別なんですか？」

「過去のことは知りません。今回は、私がそう判断した。そういうことです」

他の記者が質問した。

「被害者や被疑者が米軍関係者だということですか？」

竜崎は聞き返した。

「どうしてそう思うのですか？」

「どうしてって……。ＮＣＩＳが捜査に参加すると聞いたら、誰だってそう思うじゃないですか。どうなんです？」

「被害者や被疑者の身元の詳細はまだ不明です。捜査が進めば、捜査本部から発表があると思います」

また別な記者が尋ねる。

「米軍が国内で起きた事件に関与することについて、市民のコンセンサスが得られると思いますか？」

「犯罪捜査に、市民のコンセンサスは必要ありません」

このこたえに、質問した記者は驚いた様子だった。彼はたちまち憤(いきどお)って言った。

「必要ないですって？」

「そうです。違法な捜査ではないのです。すみやかに被疑者を確保するために、我々は利用できるものなら何でも利用します。あくまでも、適法の範囲内で」

その記者は鼻白んだ様子で言葉を呑んだ。

竜崎の携帯電話が振動した。

「失礼します」

竜崎は電話を取り出した。外務省の内山からの着信だ。

竜崎は記者に言った。

「以上で私からの発表は終了します」

記者たちが口々に質問を発しはじめた。竜崎はそれらにはこたえず、その場を離れた。

安孫子署長がぴたりと後ろについてきて言った。

「さて、マスコミの反応はどうなると思います？」

「わかりません」

竜崎はそうこたえると、電話に出た。

7

「何かわかりましたか？」

　竜崎が言うと、電話の向こうの内山はこたえた。

「ポーランドで、日本人が司法機関に逮捕されたという報告はありませんね」

「それは、息子が逮捕などされていないということですか？」

「そうだと思いますが……」

「断言はできないということですね？」

「情報が遅れる場合もあります。国によっては、日本大使館の介入を嫌って、わざと報告を遅らせるような場合があります」

「ポーランドはどうでしょう」

「治安の悪い紛争国や途上国ではないので、そんなことはないとは思うのですが……」

「そうですか。お忙しいところ、わざわざ調べていただき、ありがとうございました」

「待ってください。外務省としても、このまま放置というわけにはいきません」

「さらに調べていただけるということですか？」

「SNSに写真が載っていたということですが……」

「そうです。ポーランド語の記事だったようです」

「ご子息は拘束されている様子だったのですね？」

「手錠をされており、両腕を制服姿のポーランド人らしい男たちにつかまれていました」

「どんな記事だったか、わからないのですね？」

「娘が友人から知らされたのです。その友人は写真だけをダウンロードして、娘に送って来たようです。記事の内容はわかりません。今、娘がその記事を探していますが、見つからないようです。すでに削除されたのかもしれないと、娘は言っていました」

「わかりました。引き続き、調べてみることにします」

「個人的なお願いなのに、申し訳ありません」

「もし、日本国民の身柄が拘束されて、その報告がないのだとすれば、大きな問題です。もはや、個人的な問題とは言えませんよ」

「よろしくお願いします」

「何かわかったら、連絡します」

電話が切れた。

竜崎は、すぐに美紀に電話した。

「あ、お父さん……」

「今、電話、だいじょうぶか？」

「ええ。どうしたの？」

「外務省の知り合いから知らせがあった。日本人がポーランドで逮捕されたという報告はないそうだ」

「どういうこと？ 逮捕されていないということ？」

「もちろん、その可能性もあるが、まだわからない。とりあえず、そういう報告があったということだけ、知らせておく」

「わかった。お母さんには？」

「まだ連絡していない」

「じゃあ、私から知らせておく」

「頼む」

竜崎は電話を切ると、捜査本部に向かった。記者たちも、捜査本部には入れない。

歩きだすと、安孫子署長が、横に並んで言った。

「ご子息が逮捕……。何事です？」

竜崎はこたえた。

「わかりません」

「わからないというのは、どういうことです？」

「息子はポーランドに留学しています。逮捕されたように見える写真がＳＮＳにアップされたという話を、娘が友人から聞きまして……」

安孫子署長は、目を丸くした。

「それは一大事じゃないですか」

「ところが、外務省ではそんな報告は受けていないと言うのです。ですから、何かの間違いかもしれません」

「それはご心配でしょう」

「心配しても始まりません」

竜崎は言った。「外務省が何か確かなことを突きとめてくれるのを待つしかありません」

「はあ……、それはそうですが、何せご家族のことですから……」

「もちろん、家族は大切ですが、息子の件に関して、今私にできることはありません」

「なるほど……」

捜査本部に戻ると、また「気をつけ」だ。幹部席にやってきた竜崎に、板橋課長が尋ねた。

「記者たちの反応は？」

「面食らっていた」

「そうでしょうね。反発はありませんでしたか？」

「反発するのはジャーナリストの役割じゃない」

「そうですが、最近多いんですよ。はき違えている記者が」

「はき違えている記者？」

「ええ。自分が正義を代弁しているという勘違い野郎です」

「ああ、たしかにそうだな。それだけ日本のジャーナリズムが劣化したということだろう」

「日本にジャーナリズムなんてものが、あったためしがあるんでしょうかね」

「俺は、あると信じたい」

「意外ですね。警察と記者は水と油じゃないですか」

「ジャーナリズムは民主主義に不可欠なものだ」

「へえ……」

「まあ、とはいえ、それはまともなジャーナリズムの話だがな」

リチャード・キジマ特別捜査官が、幹部席の前にやってきて、竜崎に言った。

「私はもう、捜査に参加できるんですね？」

竜崎はこたえた。

「はい、そうです。しかし……」

「しかし……？」

「捜査本部では、二人一組で行動するのが原則です。ですから、あなたにもその原則に従っていただきます」

キジマ特別捜査官は、肩をすくめた。

「問題ないですよ。誰と組めばいいんですか？」

竜崎は、板橋を見た。

板橋課長は、捜査本部の中を見回して、ある捜査員に声をかけた。

「シオさん」

呼ばれてやってきたのは、白髪混じりの捜査員だった。県警本部の者らしい。

「何でしょう、課長」

板橋課長が竜崎とキジマ特別捜査官に紹介した。

「潮田英治警部補です。彼と組んでもらいましょう」

潮田が目をしばしばさせた。

「組むって？　誰とです？」

その問いには、竜崎がこたえた。

「米海軍犯罪捜査局のリチャード・キジマ特別捜査官です」

潮田がキジマを見て、再び瞬きをした。

「私は英語をしゃべれませんよ」

キジマが言った。

「日本語でだいじょうぶです」

訳がわからない顔をしている潮田に、板橋課長が説明した。

「今回は、目撃情報などを勘案してこちらの協力を得ることにした」

キジマ特別捜査官が、捜査本部の一員として参加するとは言わなかった。捜査員たちの思惑を考えてのことだろうか。

「ああ、わかりました」

潮田が飄々とした態度でうなずき、キジマに言った。「よろしくお願いします」

キジマが竜崎に言った。

「では、さっそく現場を見せてもらいたいのですが……」

「では、私もいっしょに行きましょう」

板橋課長と安孫子署長が、同時に竜崎のほうを見た。

板橋課長が言った。

「捜査に口出しはしないとおっしゃったじゃないですか」

竜崎は言った。

「口出しするつもりはない」

「遺体発見現場に出向くというのは、口を出すのと同じことです」

「そんなことはない。せっかく横須賀に来ているんだ。現場も見ずに本部に戻ったら、怠慢だと言われる」

「部長が外出するとなると、それなりの態勢を組む必要があります」

「それなりの態勢……？」

「警護役とか案内役とか……」

「案内なら、潮田さんがしてくれるだろう。キジマ特別捜査官がいれば、警護の必要もないと思う」

キジマは見るからに強そうだった。身長が高いだけではない。まるで格闘技の選手のような体つきをしている。

板橋課長は、一つ溜め息をついてから言った。

「そうおっしゃるのなら……」

竜崎は言った。

「心配ない。君に迷惑はかけない」

それに対して、板橋課長は何も言わなかった。もしかしたら、ここに自分がいるだけで迷惑なのかもしれないと、竜崎は思った。

迷惑がられようが何だろうが、やるべきことはやらなければならない。

潮田が板橋課長に言った。

「では、遺体が見つかった場所に行ってきます」

板橋課長がうなずく。すると、キジマが言った。

「警護なら任せてください」

「いやあ、畏れ多いことです」

潮田が助手席で言った。「自分なんかが、部長の公用車に乗せていただくなんて」

竜崎は言った。

「効率を考えてのことだ。気にすることはない」

竜崎とともに後部座席にいるキジマが言った。

「部長といっしょなら、いつもこの車が使えるわけですね」

潮田が驚いたように言った。

「部長と同乗するだけでも、特別なことなんだ。アメリカじゃどうか知らないが、こんなことは滅多にないと思ってくれ」

ヴェルニー公園は、昨夜とはちょっと違った印象だった。日の光を浴びた薔薇は、いっそう色鮮やかに見えた。

ただ、夜の薔薇のほうが、妖しげな魅力があるなと、竜崎は密かに思っていた。

「ここです」

潮田が言った。「この薔薇の茂みに隠れるように、被害者は倒れていました」

そこは、公園の東側だった。京浜急行汐入駅に近い側だ。薔薇の色がピンクから赤に変わるあたりで、時計台の近くだった。

まだ鑑識がつけた印の痕跡があり、すぐにそこが現場だということがわかった。キジマが確認するように言う。

「遺体があったのは、ここですね」

遊歩道脇の芝生の上だった。赤い薔薇の茂みの陰になっている。

潮田がこたえた。

「そうです」

「第一発見者は、散歩をしていた老人だそうですね」

「ええ。細野孝則、年齢七十六歳」

「その人を疑う要素はないんですね？」

「第一発見者を疑え、というのは原則ですけどね。細野さんは、本当に散歩の途中に遺体を発見しただけですよ。ほぼ毎日、八時頃に薔薇を眺めながら公園を散歩するのが日課だったそうです。裏も取ってます」

「確認しただけです。確かめるのは大切なことでしょう？」

「ああ、そのとおりだね」

二人が嚙み合っているのかどうか、いま一つ、つかみきれない。潮田の捉えどころのなさのせいかもしれない。

潮田は、人当たりが柔らかく、物事にこだわらない性格に見える。だが、その見かけのとおりかどうか、まだわからない。

キジマは、遺体があった場所の脇に立ち、周囲を見回していた。港の向こうに米軍基地が見えている。

潮田は、何も言わず、キジマの言葉を待っている様子だ。

その間、竜崎も現場周辺を観察していた。捜査に口出しはしないつもりだが、竜崎なりに事件のことを考えなければならない。なにせ、捜査本部の責任者なのだ。

キジマが言った。

「目撃者がいたのですね？」

潮田がこたえる。

「ええ。でも、殺害現場を目撃したわけじゃないんです」

「ここから走り去る白人男性を見たということですね」

「はい」

「その人物は、刃物らしいものを持っていたのですね？」

「そうです。よくご存じですね」

キジマは、それにはこたえず、考え込んだ。じっと、芝生の上を見つめている。それから一言つぶやいた。

「妙だな……」

つぶやくときも日本語なのだなと、竜崎は思った。あるいは、その言葉を、潮田や竜崎に聞かせたかったのかもしれない。

竜崎は尋ねた。

「何が妙なんです？」

キジマはこたえた。

「見てください。芝生の上の血の量が少ない」

竜崎はキジマが指さす場所を見たが、潮田は見ようとしない。

キジマがさらに言った。

「つまり、ここは殺害現場ではないということです。被害者は、どこかで殺されてここに運ばれてきたと考えるべきでしょう。なのに、刃物らしいものを持った白人男性が、ここから駆けて行った……。妙でしょう」

竜崎は言った。

「たしかにそうかもしれません。刃物で刺されて死亡したのなら、大きな血だまりができていそうなものです」

　潮田が言った。

「だからといって、目撃証言を無視するわけにはいかないんですよ」

　キジマが言う。

「でも、筋が通りませんよね？」

「我々だってね、素人じゃないんですよ。殺害の場所がここでないことくらい、すぐに気づきます。しかしね、証言があるのだから、それについて調べないわけにはいかないんです。目撃された人物を見つければ、何か事情を聞き出せるかもしれません」

　潮田の言葉に、キジマはうなずいた。

「なるほど……。では、その目撃者に会わせていただけませんか？」

　潮田が眼をしばたたいた。

「私らがちゃんと話を聞いたんですよ。今さら会ってどうするんです？」

「直接話が聞きたいんです」

　竜崎は、俄然興味が湧いてきた。その目撃者の生の声を聞けば、何かがわかるかもしれない。

「俺も会ってみたい」

　竜崎が言うと、潮田は即座にこたえた。

「あ、部長がそう言われるのでしたら、手配しましょう」

彼は一人歩道に出て、どこかに電話した。その間、キジマが竜崎に言った。

「刃物らしいものを持った白人男性……。どう思います？」

「さあ……。仮説を立てるにも、まだ材料が少なすぎます」

「死体というのは、重いし嵩張る」

「え……？」

「一人で運べるものではありません。目撃された人物は一人なのですよね」

「そう聞いています」

「人目につかずに、一人でこの公園に運び込むなんて、ちょっと考えられません」

「台車か何かを使ったのかもしれません」

「それにしても、一人では無理があるような気がします。これが人気のない山の中だったらまだしも……」

竜崎は、その言葉について考えてみた。そして言った。

「目撃者の話を聞けば、何かわかるかもしれません」

キジマは肩をすくめた。肯定か否定かわからない仕草だ。彼は言った。

「そうですね」

潮田が戻ってきて告げた。

「目撃者が会ってくれるそうです」

8

目撃者の名前は、堂門繋。年齢は四十三歳だ。横須賀市内在住で、職場も横須賀だった。

竜崎たちは、その職場を訪ねていた。ちょうど、昼休みになるところだった。株式会社トリプル販売という会社で、ネット通販が主な仕事だということだった。

堂門繋は、どこにでもいるような典型的なビジネスマンだ。グレーの背広に地味なネクタイ。きちんと整髪しており、縁の目立たない眼鏡をかけている。

「もともとは、飲食店などプロ相手の酒の販売業だったんですがね……。時代に乗ってみようと、酒のネット通販を始めてみたんです。すると、それまで売れたことがない、一本何十万円もするワインが売れたんです。それには社長も大喜びで、以来、ネット中心の会社となったわけです」

面接を始めるとまず、堂門が自分の会社について述べはじめた。

潮田がキジマを横目で見た。質問するのは、あんたの役目だと無言で訴えているのかもしれない。

それを受けて、キジマが言った。

「NCISのスペシャル・エージェントで、リチャード・キジマといいます」

「ああ……。堂門です。へえ、テレビドラマで見たことがありますよ、NCIS。本当にあるんですね」

「私は本物ですよ」

「ええと、事件のことですよね」

キジマがうなずいて言う。

「そうです。あなたは、遺体が発見された日の前の夜に、何かを目撃されたそうですね」

「前夜というか、未明ですね。午前三時近くだったと思います。ヴェルニー公園から白人の男性が駆けていくのを見たんです。そいつは、刃物のようなものを持っていました」

「午前三時……。そんな時刻に、ヴェルニー公園の近くにいらしたということですね？」

「ええ、そうです」

「何をしていたのですか？」

「ああ……。はしご酒をしましてね。最後はドブ板通りのバーでした。タクシーを拾おうと、大通りに出たんです。そしたら……」

「白人を目撃したというわけですね？」

「そうです」

「はしご酒をしていたということですが、かなり酔っておられたのではないですか？」

「まあ、酔っていたといえば、酔っていましたね」

「じゃあ、記憶が曖昧なんじゃないですか？　よく、酔っ払ったまま寝てしまうと、夢で見たことなのか現実だったのかわからないことがありますよね。私も、そういうことがあります」

「はあ……」

「あなたも夢で見たことを、現実だと勘違いされたのではないでしょうか」

誘導尋問ぎりぎりだなと思いながら、竜崎はそのやり取りを聞いていた。

「いや、そんなことはありません。酒を飲んでいましたが、記憶ははっきりしています」

堂門が、きっぱりとそう言ったので、竜崎は口を出さずに済んだ。

「では、駆けていったというその人物の様子を詳しく教えてください」

「もう何度も警察の方にお話ししたんですが……」

キジマは笑顔を見せて言った。

「私はまだ聞いていないので……。警察に話したのと同じことを、ＮＣＩＳの私にも話してください」

その笑顔は、なかなか効果的なようだ。堂門は、特に嫌な顔もせずに話しだした。

「黒っぽい服を着ていたと思います。長袖のシャツだったかもしれません。髪は金髪でしたね。がっしりとした体格でした」

「身長はどのくらいでしたか？」

「さあ、ちょっとわかりませんでした。比較するものが近くになかったので……」

「手に何かを持っていたんですね？」

「一瞬、街灯の光が反射したんです。刃物だったと思います」

「長さは？」

「そうですね……。これくらいだったと思います」

堂門は、左右の人差し指を掲げてみせた。その間隔は二十センチほどだった。

「街灯の光を反射したとおっしゃいましたね？」

「ええ」

「では、そのナイフはきれいだったということですね？」

「え？　どういうことです？」

「汚れていたら、街灯の光を反射したりはしないでしょう」

「はあ、そうですね……」

「たしかに、光が反射するのを見たのですね？」

「はい。見ました」

キジマは、何度かうなずいた。

そのやり取りを眺めている潮田の表情に変化はない。

「その人物は、ヴェルニー公園からどちらの方向に駆けていったのですか？」

「コースカのほうですね」

コースカは、港に面したショッピングモールだ。

キジマは独り言のような口調で言った。

「その先には、ゲートがありますね……」

ゲートとはもちろん、米軍基地のゲートのことだ。キジマが言うとおり、その先には、メインゲートがある。

堂門がその言葉に応じた。

「ええ、たしかにそうですね。だから私は、その人物が米軍関係者じゃないかと思ったんです」

キジマが尋ねた。

「そのことは、警察に話しましたか？」

「ええ。言いました」

キジマが竜崎を見た。

「それは、ご存じでしたか？」

竜崎は聞き返した。

「堂門さんが、その人物を米軍関係者じゃないかと思ったことですか？」

「そうです」

「私も今初めて聞きました」

キジマは潮田に尋ねた。

「あなたはどうです？　知っていましたか？」

潮田はどこかのんびりした口調でこたえた。

「捜査本部の者はみんな知ってるんじゃないですかね。でも、参考程度にしか考えていません」

「参考程度……」

「ええ。堂門さんがそう思われたというだけで、確証は何もありません。予断は禁物ですからね」

キジマはうなずいた。

「なるほど、おっしゃるとおりです。予断は禁物だ。では、わざと無視したわけではないということですね」

潮田はかぶりを振った。

「そんなことはしません。重要な目撃証言ですから」

キジマは、堂門に視線を戻すと尋ねた。

「他に何か、覚えていることはありませんか？」

「それだけですね。特に注意して、その人のことを見ていたわけじゃないので……」

キジマはうなずき、また笑顔を見せた。

「わかりました。ご協力、どうもありがとうございました」

「もういいんですね？」

キジマは言った。

「私の質問は終わりです。竜崎部長はどうです？」

　竜崎は言った。

「その人物が駆けていったのを見た後、あなたはどうなさいました？」

　堂門はこたえた。

「タクシーを拾って帰りました」

　竜崎はうなずいて、キジマに言った。

「他に訊きたいことはありません」

　潮田が堂門に言った。

「いや、何度もすいませんでしたね」

「かまいません。昼休みでしたし……」

　三人は、堂門のもとを離れ、株式会社トリプル販売をあとにした。

　捜査本部に戻る車の中で、キジマが言った。

「いやあ、どうもまた妙なことが増えましたねえ」

　潮田が何も言わないので、竜崎がこたえた。

「刃物の件ですか？」

「ええ。被害者を刺した刃物なら、街灯の光を反射したりはしないでしょう」

「私もそれを考えていました。被害者を刺した刃物なら血で濡れている……」

「そういうことです」

「しかし、つるつるした刃物なら、血をはじいて金属面が露出し、光を反射することもあるでしょう」

それまで黙っていた潮田が言った。

「抜く時にね、血が拭われるんですよ」

キジマと竜崎は同時に「えっ」と言った。

潮田が続けて言った。

「人を刺して、抜くときに、体内の組織や衣類で血が拭われることがあるんです。部長がおっしゃったように、つるつるの刃物ならなおさらそういうことが起きます。その場合、刃物の柄の部分とか持っている手は血まみれになりますが、刃そのものは意外とぴかぴかしているもんなんです」

キジマが言った。

「そうかもしれませんが、堂門さんの証言には、ちょっと違和感がありました」

潮田が尋ねる。

「どういう違和感です？」

キジマはしばらく黙っていた。やがて彼は言った。

「それを言葉で説明するのは難しいですね」

潮田はそれ以上追及はしなかった。

車が横須賀署に着いた。


「先に戻ってください」

捜査本部の出入り口で、キジマと潮田にそう言うと、竜崎は廊下で携帯電話を取り出した。

県警本部の阿久津参事官にかけた。

「ごくろうさまです。そちらはいかがです？」

「ＮＣＩＳの特別捜査官が、捜査本部に参加した」

「は……？」

阿久津参事官は、しばし絶句した。

「聞いているのか？」

「聞いております。驚いてしまいまして……。捜査の協力とかではなく、捜査本部でいっしょに捜査をするということですか？」

「それが向こうの条件だ」

「それは断るべきだったと思いますが……」

「俺は、本部長からすべて任せると言われている。だから、俺の考えでやる」

「横須賀署長などは、納得しているのですか？」

「納得はしていないかもしれないが、今のところ俺の判断に従ってくれている」

「なるほど……」

「急ぎの用などはないか？」

「あれば、こちらから連絡します」

それはそうだろうが、やはり一言多いと竜崎は思った。

「捜査本部は、板橋課長に任せて、一度県警本部に戻ろうと思うんだが……」

「その必要はありません」

「部長が必要ないのか？」

「そういう意味ではありません。お留守にされても当面はだいじょうぶだということです。米軍との交渉など、いろいろとおありでしょう。部長はまだそちらにいらしたほうがいいと思います」

阿久津は、俺がいなくてせいせいしているのかもしれないと、竜崎は思った。だが、彼が言うことも、もっともだ。

「わかった。今日はこちらに残ることにする。じゃあ……」

竜崎が電話を切ろうとすると、阿久津が言った。

「あ、そういえば……」

「何だ？」

「八島部長が、連絡を取りたがっておいででした」

「八島が……？　それなら、電話をよこせばいいのに」

「捜査本部でお忙しいとお考えだったのではないでしょうか」

「この電話を回してくれるか？」

「承知しました」

しばらく待たされた。

やがて、八島の声が聞こえてきた。

「忙しいところ、済まんな」

「俺に何の用だ？」

「君に用があるというより、捜査本部の様子を聞きたくてな」

「阿久津に話したので、彼から聞いてくれ」

「おい、せっかく電話で話してるんだ。今教えてくれればいいじゃないか」

竜崎は、キジマが捜査本部に参加したことを告げた。

八島が言った。

「そりゃあ、問題だな……」

「俺は別に、問題だとは思っていない。いや、もし多少問題になるとしても、事件を解決できれば、それでいい」

「マスコミが黙っていないだろう」

「すでに記者には発表している」

「何だって……。俺は聞いていない」

「報告していないからな。俺は全権を預けられている」

「俺が知らないということは、本部長も知らないということだな」

「知らないと思う」

八島は、唸るように言った。

「すべてを任せると本部長はおっしゃったが、それは好き勝手やっていいという意味じゃないぞ」

「そんなことはわかっている」

「じゃあ、アメリカ人といっしょに捜査をするというのは、どういうことだ」

「遺体が発見された現場から、刃物のようなものを持った白人男性が走り去るのを目撃した者がいる。その白人男性は、基地のメインゲートのほうに駆けていった」

「それはすでに聞いたが、被疑者が米軍関係者だと断定したということか？」

「断定はしていない。だが、その可能性がある。もし、米軍関係者だとしたら、NCISが捜査することになる」

八島は、唸り声を発した。

「何とかしろ。アメリカ人を捜査本部から追い出せ」

「君にそんなことを言う権限はない」

「権限の問題じゃない。横須賀のこと……、ひいては神奈川県のことを考えて言ってるんだ」

「俺だって考えている」

「とてもそうとは思えないな」

「だいたい、警務部の君が、なぜ捜査本部の件について、俺に質問しているんだ？」

「警務部は、県警の総合的な企画と調整を行う部署だ。横須賀にできた捜査本部についても、当然把握しておかなければならない」

「これまで、そんなことを言ってきた警務部長はいなかった。警視庁でもそうだったし、神奈川県警でもそうだった」

「他がどうかは、知らない。私は私のやり方でやる」

竜崎は言った。

「それは、俺も同じことだ。俺のやりたいようにやる」

「意地を張っていないで、いいからアメリカ人を捜査本部から追い出せ」

「それは、刑事部長の俺が考えることだ。君が指図するようなことじゃない」

電話が切れた。

最後の竜崎の言葉は、八島の耳に届かなかったかもしれない。

いったい、何だというんだ……。

竜崎は、八島の横槍（よこやり）について、不思議な思いでいた。

電話でも言ったことだが、警務部長が捜査本部について質問したり口出ししたりするなど、聞いたこともなかった。

竜崎は、八島が何を考えているのかさっぱりわからなかった。

幹部席に戻ると、板橋課長が言った。

「目撃者に会ってきたそうですね？」

「ああ。キジマ特別捜査官が、話を聞きたいと言うのでな。俺も、会ってみたかった」

「捜査は、自分らに任せてくれるんじゃないんですか」

「目撃者に話を聞くくらい、いいだろう」

「せめて、会うことを知らせてほしかったですね」

「何か問題なのか？」

「捜査というのは、微妙なバランスの上に成り立っているのです。些細なことで、ぶち壊しになることもあるんです」

板橋課長は、苛立っている様子だ。その理由が知りたかった。

「具体的に説明してくれないとわからない」

板橋課長は、忌々しげに溜め息をついてから、声を落として言った。

「目撃者の堂門に、今、警戒心を抱かれたくないんです。ですから、できるだけ触らないようにしていました」

竜崎は、その言葉についてしばらく考えていた。

「キジマ特別捜査官が、堂門の証言に違和感があると言っていた」

板橋課長は、低い声のまま言った。

「自分らがそれに気づかないと思いますか？」

「では、君たちも何かおかしいと感じていたわけか」

「現場から得られる情報と、堂門の証言にはどうも一致しない点があります」

「キジマは、遺体発見の場所と殺害現場が別だろうと言っていた。そして、遺体を運ぶのは一人では難しいだろうと……」

「ええ、そのとおりだと思います」

「さらにキジマは、刃物が街灯の光を反射したという証言が引っかかったようだ。人を刺した直後の刃物が、光を反射するだろうか、と……」

板橋課長がうなずく。

「それについては、すでに検討しました」

「潮田さんは、引き抜いたときに血が拭われるのだと言っていた」

「それも一つの可能性として考えました。血糊でべったりと汚れていて、光は反射しないという可能性もあります。とにかく、まだはっきりしたことがわかっていない。だから、我々は慎重に動いているのです」

「済まなかった」

竜崎が言うと、板橋課長はきょとんとした顔を向けた。

「え……？」

「そういう事情を知っていたら、軽はずみに目撃者を訪ねたりはしなかった。捜査の邪魔をするつもりはなかった。だから、謝る。済まなかった」

板橋課長は仏頂面（ぶっちょうづら）になり、眼を伏せた。ますます声が小さくなった。

「以後、気をつけてください」

「わかった」

板橋課長は、顔を上げて言った。

「キジマ特別捜査官にも、そう言っておいてください」

「それは、君の役目だ」

「は……？　でも、部長はアメリカとの交渉のためにいらしたのでしょう？」

「キジマは捜査本部の一員となった。つまり、君の指揮下にあるというわけだ。だから、捜査の方針について、君なり管理官なりからちゃんと説明しておく必要があるだろう」

板橋課長は、渋い顔になって言った。

「わかりました。管理官から説明させましょう」

竜崎はうなずいた。

「そうしてくれ」

それで話は終わりだと思ったが、板橋課長がぽつりと言った。

「見つからないんですよ」

竜崎は思わず聞き返した。

「何だって？」

「目撃された白人なんですが、どこをどう探しても見つかりません。堂門以外の目撃者もいないんです」

「どういうことだろうな……」

板橋課長が無言で竜崎を見ている。彼の考えそうなことは予想がついた。竜崎は言った。

「米軍基地に逃げ込んだのではないかと考えているんだな？」

板橋課長は、曖昧に首を傾げた。

9

竜崎はさらに言った。

「目撃者は、白人男性がゲートのほうに走っていったと証言している」

「ええ……」

板橋課長が言った。「当然、そのことは考慮していますがね……」

彼の態度は煮え切らない。

「言いたいことはわかる。アメリカ人が米軍基地に逃げ込んだら手が出せないと言うのだろう」

板橋課長は小さく溜め息をついた。

「そういうことです」

「そのために、キジマ特別捜査官がいるんじゃないのか」

「彼が捜査本部にやってくることなんて、考えてもいなかったんですよ」

「だが、今はいるんだ。話をすればいいじゃないか」

「彼も現場を見て、目撃者の話を聞きました。何か思惑があるに違いありません」

「そりゃ、あるだろう」

竜崎は言った。「だから、話をするんだ」

板橋課長は、小会議室を押さえさせた。幹部席か管理官席で話をすればいいと、竜崎は思っていたが、板橋は何やら用心している様子だ。日本側とキジマが揉めているところを、捜査員たちに見られたくないと考えたのだろう。

小会議室に、竜崎、板橋、キジマ、潮田の四人が集まった。安孫子署長は来なかった。米軍との微妙な話には、なるべく触れたくないのだろう。

安孫子署長がいなくても、何の問題もないと、竜崎は思った。署長といっても人それぞれだ。竜崎は結果的に現場に頻繁に関わることになったが、ほとんど署長室から出ないタイプもいる。

もし、安孫子署長が米軍との面倒な話には自らは参加しないと決めているのなら、それは賢明だとも言える。

トップは最終的に責任を取ればいいのだ。あれこれ口出しすればいいというものではない。

板橋課長が竜崎に言った。

「部長からお話し願えますか？」

「キジマ特別捜査官は、今は君の指揮下にいると、言ったばかりじゃないか。君が話せばいい」

「横須賀には、米軍との折衝のためにいらしたのではないのですか？」

「そうだが、キジマ特別捜査官に指示すればいいだけのことだ」

　するとキジマが言った。

「いったい、何の話です？」

　竜崎はキジマを見て言った。

「目撃された白人男性が見つからない。目撃情報によると、ゲートのほうに駆けていったというので……」

　キジマは大きくうなずいて、すべてを聞く前に言った。

「基地に逃げ込んだのではないかと、お考えなんですね」

「そういうことだ」

「わかりました。ＮＣＩＳで捜査しましょう」

　竜崎は尋ねた。

「あなたではなく、別の捜査官が調べるということですか？」

「ええ、そのためのＮＣＩＳですから」

「我々も、その捜査に加わります」

竜崎の言葉に、キジマはきっぱりとかぶりを振った。

「それはできません。日本の警察に、米軍基地内で捜査をする権限はありません」

「捜査協力をするということで話はついています。協力態勢は、基地内でも有効なはずです」

「いえ。基地の中は別です」

「あなたは、基地の外、つまり日本の領土で捜査ができる。しかし、我々は基地の中では捜査はできない……。これでは、協力態勢とは言えない」

キジマは困った顔を見せた。

「無茶を言わないでください。繰り返しますが、日本の警察に、米軍基地内を捜査する権限はないのです」

竜崎はしばらく考えてから言った。

「地位協定について、今さら私があれこれ言っても始まりません。我々が基地内で捜査をする方法は何かありませんか？」

キジマは即座にこたえた。

「ありません」

「そんなはずはないでしょう。たしかに、米軍の軍人や軍属が基地内で犯した罪については、米軍の軍法とアメリカの連邦法が適用されるということになっていますが、今回の事件は基地の外で起きたのです」

「基地の外であっても、米軍基地の構成員や軍属が『公務中』であったなら、我々合衆国の法律が適用されます。つまり、私たちＮＣＩＳが捜査をするということです」

「公務中」は、これまで何度も米軍が使用してきた言い訳であることを、竜崎は知っていた。沖縄県警などは、それでずいぶんと煮え湯を飲まされている。

つまり、基地の外で罪を犯した米軍関係者が「公務中」だったということで、警察が身柄を拘束できない事態が起きるのだ。

「逃走した白人が軍の『公務中』だったかどうかは、身柄を確保して本人に訊かないとわかりません」

「我々は基本的に、日本に赴任している兵士や軍属を公務中と見なしています」

日本に滞在している時間の全てが公務だという考え方だ。なるほど、そういう言い方もあるかと、竜崎は考えた。

現実的ではないが、理屈は通っている。

竜崎は言った。

「私たちは、日本国内で起きた殺人事件を捜査しています。それが大原則です」

「ですからこうして、捜査の協力をしているのです」

「ならば、基地内での捜査も認めていただきたい」

「それこそ無茶というものです。私などが判断できる問題ではありません」

「では、判断できる人と話をしましょう」

「そんな人はいません。少なくとも、横須賀には……」

「私はどこへでも行きます。アメリカ合衆国に飛んでもいい」

竜崎は本気だったが、さすがにこの一言には板橋課長もあきれた様子だった。

「いいじゃないですか」

板橋課長が言った。「ちゃんと捜査してくれるなら……」

竜崎は板橋課長に尋ねた。

「それはNCISに任せるということか?」

「米軍の公務がどうのと、ここで議論しても始まらないでしょう。時間の無駄ではないですか」

「時間の無駄か……」

竜崎はうなずいた。「たしかに、やらなければならないことはたくさんある」

「我々が基地内に立ち入れないとなれば、捜査できる者たちに任せるしかありません」

「それは、合理的な意見だが、捜査本部として、それでいいのか？」

「いいも悪いもないでしょう。それしか方法がないのですから……。部長だって国と国との取り決めに逆らうことはできないでしょう」

「取り決めに逆らうつもりはないが、それしか方法がないということはないだろう」

「目撃された白人男性が、基地内に逃げ込んだと決まったわけではありません。捜査本部は、それ以外の場所を徹底的に探す。そして、ＮＣＩＳは基地の中を探す。それでいいと思います」

「課長がそれでいいと言うのなら、俺はこれ以上何も言わない」

竜崎はキジマに眼を転じて言った。

「ちゃんと捜査してくれるでしょうね」

「米軍関係者が被疑者の可能性があるのです。もちろん、ちゃんとやりますよ」

板橋課長が言った。

「では、話は終わりですね」

竜崎がうなずくと、キジマと潮田が部屋を出ていった。

竜崎は板橋課長に声をかけた。

「何です？」

「意外だと思ってな」

「意外……？」

「キジマが言ったことを、君が納得したことが、だ」

「ああ……。仕方がないでしょう」

「そういうニュアンスではなかった」

「ニュアンス？」

「仕方がないというより、むしろＮＣＩＳに任せてしまったほうがいいと思っているように受け取れた」

「驚きましたね。部長に部下の微妙な心理がわかるなんて」

皮肉だと思ったが、別に気にならなかった。

「そうか？　俺はそういうことには敏感なほうだと自負しているんだが……」

「へえ……」

「俺が感じていたことが正しかったということだな。つまり君は、ＮＣＩＳに任せてしまったほうがいいと考えていたわけだ」

「ええ、そうです」

「なぜだ？」

板橋課長は、一呼吸の間を取ってから言った。

「捜査員の数は限られています。時間も無限にあるわけじゃありません」

竜崎は、しばらく考えてから言った。

「目撃情報には、いろいろな疑問点があるな……」

「はい」

「つまり、目撃情報そのものが疑問だと……」

「これは、個人的な意見ですが、遺体の発見現場から逃走した白人男性など、存在しないのかもしれません」

竜崎は再び、考えを巡らせた。

目撃情報があれば捜査員はそれを信じて動く。目撃者は善意の第三者だというのが前提だからだ。

「もし、君の言うとおりだとしたら、目撃者はなぜあんな証言をしたんだ？」

「それを、これから調べなければならないんです。そちらに捜査員を注ぎ込みたい。

ですから、基地内のことはＮＣＩＳに任せたほうが得策なんです。もし、彼らが問題の白人男性を見つけてくれたら御の字ですし……」

「その可能性は低いだろうな。連中はきっとおざなりな捜査しかしないだろうし、もし、真剣に捜査したとしても、存在しない被疑者を見つけることはできないだろう」

「繰り返しますが、これは私の個人的な意見でしかありません」

「いや、蓋然性は高いと思う」

「ですから、目撃者にはなるべく触りたくなかったんです」

「それについては反省している」

「別に責めているわけではありません。ご理解いただければいいんです」

「理解した」

「では、堂門繁について調べを進めていいですね？」

「堂門？　目撃情報の提供者だな？　君の方針に口出しはしない」

　竜崎が立ち上がると、板橋も即座に立ち上がった。彼は、他に誰もいないのに、礼儀を示したわけだ。竜崎は、それも少しばかり意外だと思っていた。

　今日は、板橋課長の意外な面をたくさん見ることになった。そんなことを思いながら、竜崎は部屋を出た。

午後五時過ぎに、内山から電話があった。

「ちょっと待ってください」

そう言って、竜崎は幹部席を立ち、捜査本部の外に出た。廊下で電話の向こうの内山に言う。

「失礼しました。何かわかりましたか？」

「まだ、情報はありません」

「そうですか」

「すいません。私から電話があると、何かわかったのではないかと、期待なさるでしょうね」

「こうして、連絡をいただけるだけでありがたいと思います」

「東欧を担当している者たちは、首を傾げています。もし、実際に日本の学生が司法当局に拘束されるようなことがあれば、ちょっとした騒ぎになっているはずだ、と……」

「しかし、ロシアなどでは些細なことで外国人が逮捕されると聞いたことがあります。パスポートの不所持とか、訪れた町の役所に滞在の登録を忘れていたり、とか……」

「ポーランドはロシアとは違いますよ。あんな国といっしょにしては、ポーランド当局に失礼です」

その言い方に、竜崎は少々驚いた。

「外務官僚がそんなことをおっしゃってだいじょうぶですか？」

「プライベートな会話ですから、本音を言ってもいいでしょう」

「たしかに……」

「もっと簡単に情報が得られるものと思っていたので、基本的なことをうかがっていませんでした。今、いくつか質問してよろしいですか？」

「質問……？」

「はい。ご子息の留学先の大学とか、滞在している場所とか……」

言われて、竜崎は言葉を呑んだ。

そういうことはまったく記憶していなかった。

「家内に電話をして確認してみます。後でこちらから電話するということでよろしいでしょうか」

「お願いします」

「すぐには電話できないかもしれません」

「何時でもかまいません」

「わかりました」

「あ、それから、直接ご子息と連絡を取ろうとはなさらなかったのですか？」

そう訊かれて、再び竜崎は戸惑った。

邦彦だって携帯電話を持っているはずだ。直接安否を確かめることができるのだ。

竜崎は、今までそれについて考えなかった自分の愚かさに愕然としたのだ。

「それについても、家族に確認してみます」

「連絡をお待ちしております。では……」

電話が切れた。

捜査本部にいる間は、捜査だけに集中したい。冴子に電話するのは、ホテルに帰ってからにしよう。竜崎はそう思った。

「電話？　したわよ」

冴子がこたえた。

午後六時過ぎに捜査本部を出てホテルに戻った。冴子に電話をして、邦彦に直接連絡を取ろうとはしなかったのかと尋ねたのだ。

「それで……？」

「つながらなかったのよ」

「つながらなかった……」

「ポーランド語と英語でアナウンスがあったけど……。アウト・オブ・サービスって言ってたから、何かの理由で通じなくなっているみたい」

「理由はわからなかったのか？」

「わからなかった。それで、ますます心配になって……」

「外務省の内山さんは、何の情報もないと言っている。ポーランドのように治安がいい国で、日本人が逮捕されたら、すぐに大使館に知らせが行くはずだ」

「本当にそう？」

訊かれて自信がなくなった。

警視庁や神奈川県警はどうだろうと、竜崎は考えた。原則としては、外国人が逮捕された場合、国籍を確認してすみやかに領事機関に知らせることになっている。

たしか、国によってどう対応するかが決まっていたはずだ。例えば、アゼルバイジャン等の国、中国、北朝鮮の国籍を持つ者、それに台湾の旅券等を所持している者以外には、領事機関への通報の意思を確認する必要があったと記憶している。

ちなみにポーランドはアゼルバイジャン等の国の中に含まれている。

だがそれは、日本の警察の話であり、海外の警察が外国人に対してどういう扱いをするかは、まったくわからない。

「とにかく、悪い知らせは届いていないということだ。取り越し苦労はしないことだ」

「そうね……」

「内山さんに訊かれて、邦彦の大学や滞在先をこたえられなかった」

「邦彦から聞いていたはずよ」

「関心がなかったので、覚えていなかったのだと思う」

「関心がなかった？　息子の留学先に？」

「息子に関心がないわけじゃない」

「何を勉強しに行ったのかも覚えていないんじゃない？」

「そんなことはない。映画の勉強をすると言っていたはずだ」

「ウッチ映画大学よ」

「え……？」

「留学先はウッチ映画大学。ワルシャワのそばにあるウッチという町にある有名な映像関係の大学だそうよ」

「滞在先の住所は？」

「ウッチに住んでいる。住所はメールで送る」

「わかった。それをすぐに内山さんに知らせる。電話、かけつづけてくれ。いつかつながるかもしれない」

「そうする。今日も横須賀に泊まりなのね？」

「ああ。いつ帰れるのか、まだわからない。また連絡する」

「わかった。じゃあ……」

竜崎は電話を切った。

10

ほどなく、冴子からのメールが届く。邦彦の滞在先の住所だ。それをコピーし、そのままテキストメールで内山に送った。

それから内山に電話をした。

「留学先を確認しました。ウッチ映画大学です」

「ウッチ映画大学とは意外ですね」

「意外？」

「ご子息は、東大にいらっしゃるのでしょう。ならば、ポーランドの名門であるワルシャワ大学に留学しているものと思っていました」

「息子は、映画の勉強をするために留学したのです」

「なるほど……。メールでいただいたウッチ市内のアドレスは、滞在先ですね？」

「そうです。電話の件ですが、家内が携帯電話にかけてみましたが、何らかの理由でつながらなかったということです。アウト・オブ・サービスのアナウンスが流れてきたと言っています」

「そうですか……。都市部を除くと、通信状況がよくない場所もありますから……。とにかく、あまり心配なさらないことです」

「家内にもそう言いました」

「引き続き、調べてみます。また連絡させていただきます」

「すみません」

「お気になさらないでください。これも仕事だと思っていますから」

「こちらから電話をしておいて、こう言うのも変ですが、あまりに親身になってくださるので、恐縮しております」

「キャリア警察官僚に恩を売っておくのは、決して損にはならないと思っています」

笑いを含んだ声だ。冗談めかして言っているが、かなりの部分本音なのではないかと、竜崎は思った。

「本当にそう思っておられるのだとしたら、こちらとしては気が楽です」

「追って連絡をさしあげます。では……」

電話が切れた。

時計を見ると、午後七時になろうとしていた。

美紀はもう会社を出ただろうか。竜崎は電話してみることにした。

呼び出し音五回で出た。

「お父さん。何かわかった？」

「いや、外務省はまだ何もつかんでいない。そっちはどうだ？」

「記事は見つからない。やっぱり、ＳＮＳから削除されたみたい」

「母さんが、邦彦に電話したらしいな」

「通じなかったのよ。当局に取り上げられて、電源を切られているんじゃないかしら」

美紀が当局などという言葉を使うのが、何やら奇妙な感じがした。

「携帯を押収(おうしゅう)しても、わざわざ電源を切りはしないと思う」

「そうなの？」

「ケースバイケースだろうが……」

「バッテリーが切れているのかもしれない。警察は被疑者の携帯を充電したりはしないでしょう」

「しないと思う」

「だったら、そうなんじゃない？」

「あれこれ想像しても仕方がない。想像というのは、だんだん悪いほうに向かうものだ」

「でも、つい考えちゃうんだからしょうがないでしょう」

「何かわかったら、すぐに知らせてくれると、内山さんが言ってくれている」

「うん」

「今、どこにいるんだ？」

「まだ会社。今日の残業は長引きそう」

邦彦のことが気になるからといって、仕事を休むわけにはいかない。それは美紀も同様なのだ。

「何かあったら、連絡をくれ。いつでもいい」

「わかった」

「じゃあ……」

竜崎は電話を切った。

電話が通じないのは、あまりいい状況ではない。美紀が言ったとおり、司法当局が邦彦の身柄を拘束し、持ち物を預かっているのかもしれない。

人権意識の高くない国では、持ち物を没収されることもあるようだが、ポーランドではそういうことはないだろう。

あれこれ考えても仕方がない。それは竜崎自身が、冴子や美紀に言ったことだ。冴子が、諦めずに電話をかけるはずだし、美紀もいろいろ調べているだろう。何より、内山が動いてくれている。

俺は捜査に集中すればいい。

竜崎は、目撃情報を提供した堂門繁について考えていた。板橋課長に断りもなく会ったのはまずかった。

捜査に口出ししないと言いながら、妨害するところだった。この先、影響がなければいいが、と思った。

まあ、やってしまったものは仕方がない。そう思い直し、食事をすることにした。今夜もコンビニ弁当だ。

翌朝八時に公用車が迎えに来て、竜崎は捜査本部に向かった。

入室すると、いつもの全員気をつけで迎えられる。キジマがすでに来ており、その様子を見て目を丸くしていた。

竜崎が幹部席に着くと、そのキジマが近づいてきて言った。

「いやあ、警察というより、軍隊のようですね」

「アメリカの警察は、こうではないのですか？」

「もっとフランクですよ。軍隊は、上官が部屋に出入りするときは、気をつけです」

「それが言いたくて、私のところに来たのですか？」

「そうじゃありません。基地内部の捜査のことです」

「どうなりました？」

「今日から捜査を開始します。まずは、聞き込みからですね」

「何人態勢ですか？」

「二名です」

「それでは少ないと思いますが……」

「優秀なスペシャル・エージェントが捜査に当たります。敷地は限られていますので、だいじょうぶですよ」

　竜崎はうなずいた。

　捜査官を増員しろと言ったところで、相手は応じないだろう。

　もしかしたら、存在しない人物を探させているのかもしれない。そう思うと、あまり強くも出られない。

　キジマとペアを組む潮田は、捜査員席に座って、こちらを眺めている。相変わらず、何を考えているかよくわからない。

竜崎はキジマに尋ねた。

「今日はどうするつもりですか？」

「課長や管理官の指示に従います。捜査本部のメンバーですからね」

「独自に捜査するわけではないのですね？」

「勝手に動くわけにはいかないでしょう。独断専行は、一番のタブーでしょう」

本気で言っているのだろうかと、竜崎は訝った。殊勝なことを言っているが、冗談だという恐れもある。

「では、失礼します」

キジマが去ると、竜崎は隣にいる板橋課長に、小声で言った。

「目撃証言が嘘かもしれないという話は、どの程度の人間に伝えているんだ？」

「今のところ、捜査幹部だけです」

「捜査幹部に、管理官は入るのか？」

「厳密に言うと、管理官は幹部に入りませんが、この場合は含まれます」

「つまり、管理官は知っているということだな」

「はい」

「潮田さんはどうだ？」

階級は下なのだが、年齢がかなり上なので、竜崎は「さん」づけで呼んでいる。

「伝えてはいませんが、勘づいているでしょう。優秀な刑事ですから……」

「彼からキジマ特別捜査官に、それが伝わることがないようにしたい」

「シオさんは、そういうことはちゃんと心得ていますよ」

「そうか。ならばいい」

あのポーカーフェイスは信頼できるということなのだろうか。

「ただ……」

板橋課長が言ったので、竜崎は聞き返した。

「ただ、何だ？」

「キジマも勘づいているかもしれません」

そう言われて、竜崎は昨日のキジマの言動を思い返してみた。たしかにキジマは、目撃情報に疑いを持っているようだった。

「それなのに、基地内での捜査を受け容れたというのか？」

「可能性を消していくことも捜査なんですよ」

「なるほど……」

今日は安孫子署長の姿が見えない。だからといって、気になるわけではない。

署長は多忙だ。捜査本部にべったりというわけにもいかないだろう。普通なら部長がこんなに臨席することもない。

竜崎は、阿久津に連絡しておこうと思って、警電の受話器に手を伸ばした。

「今日も横須賀だ」

竜崎が言うと、阿久津はこたえた。

「そうなさるように、私が勧めましたから……」

「何か急ぎの用はないか？」

「あれば、こちらからすぐに連絡します。前回もそう申し上げたはずです」

「昨日も今日も特に用がないとなると、部長などそれほど必要ないということか」

「とんでもない。それも前回申し上げたはずです。お留守で我々がどれくらい苦労をしているか理解していただきたいです」

どうだろうな、と竜崎は思った。阿久津は、部長がいない間に、自分の存在感を周囲にアピールしているのではないかと思った。

「だったら、これからそちらに戻ってもいい」

「ＮＣＩＳの件はどうなりました？」

「言ったとおり、特別捜査官が一人、捜査本部に参加している」

「捜査情報が米軍にダダ漏れということですね」

「捜査本部には、米軍に知られて困るような情報はないと思うが……」

「被疑者が米軍関係者の可能性もあるのでしょう？　米軍がその人物を隠匿する恐れもあるのではないですか」

「ＮＣＩＳが捜査しているんだ。そんなことはしないだろう」

「沖縄では何度も起きていることです」

「そうはさせない」

「ならば、こちらに戻るわけにはいかないでしょう？」

「何だって？」

「米軍の被疑者の隠匿を許さないとおっしゃったじゃないですか。だったら、そちらにいらっしゃらないと、しっかりコントロールできないのではないですか？」

「なるほど、君が言うとおりだ」

「こちらのことは心配なさらず、そちらでお役目を果たしてください」

「わかった。本部長に一報を入れておこうと思うが……」

「お待ちください。秘書担当に訊いてみます」

しばらく待たされた。やがて、再び阿久津の声が聞こえてきた。

「お話しされるそうです。おつなぎします」

電話が切り替わり、佐藤本部長の声が聞こえてきた。

「竜崎部長？　捜査本部にＮＣＩＳがいるって？」

「はい」

「被疑者を本国に逃がすために米軍が送り込んできたんじゃないのかって言う者がいるんだけど」

「そんなことはありません。ＮＣＩＳのキジマ特別捜査官は、板橋課長の指揮下に入っています」

「キジマ……？　日系なの？」

「そうです。日本語が堪能なので助かっています」

「ますます怪しいなあ……。こっちを助ける振りをして、捜査を攪乱するつもりなんじゃないの？」

「捜査を攪乱……」

竜崎はなぜか、その一言が引っかかった。「いえ、そのようなことはあり得ません」

「目撃された白人男性は、まだ見つかっていないんだろう?」

「見つかっていません」

「基地に逃げ込んで、米軍が匿っているんじゃないかと言うやつもいる」

「誰ですか」

「え? 何……?」

「被疑者を逃がすために米軍が画策している、とか、米軍が匿っているとか言っているのは誰かとうかがっているのです」

「具体的に誰ってことじゃないよ。そういう声があるってことさ」

佐藤本部長にしては煮え切らない返事だ。

八島あたりだろうと、竜崎は思った。彼は、「アメリカ人を捜査本部から追い出せ」と竜崎に言っていた。

「現地にいない者の憶測に、耳を貸してはいけません」

「わかってるよ。確認しただけだよ。任せてだいじょうぶだよね」

「はい。ですから、まだこちらを離れるわけにはいかないようです」

「ああ、それはだいじょうぶ。阿久津が張り切ってるよ」

実はそれが心配なのだが……。

そう思ったが、もちろん口には出さなかった。

午後一時になると、安孫子署長が姿を見せた。

彼は竜崎に、一言「すいません」と言った。

「何も謝ることはありません。多忙なのは承知しています」

「しかし、部長がいらっしゃるのに……」

「私か署長か、どちらかがいれば充分だと思います」

「はあ……」

安孫子署長はそれだけ言った。どうも、キジマが捜査本部にやってきてから、元気がないように見える。心労が溜まっているのだろう。

その日の午後二時過ぎに、捜査本部内がにわかに慌ただしくなった。特に管理官席のあたりの動きが激しい。

幹部席から板橋課長が言った。

「どうした？　何かあったのか？」

管理官が大声でこたえた。

「被害者の身元が割れたようです」

管理官と中隊長が幹部席にやってくる。管理官の名はたしか、山里浩太郎だ。四十代後半の警視だ。

その山里管理官が言った。

「三竹宗佑、三十九歳。勤務先は、福岡の運送業者です」

板橋課長が聞き返す。

「福岡の運送業者だって……？」

「ええ。ズボンの中に、フェリーの使用済チケットが入っていまして……。ダメ元で、福岡県警に顔写真と指紋を送って問い合わせてみたら、身元を知っている者がおりまして……」

「ああ……」

それを聞いた、安孫子署長が言った。「福岡と横須賀の間で、フェリーが就航しましたから……」

板橋課長がうなずく。

「そうでしたね。じゃあ、被害者はフェリーで福岡から横須賀にやってきたということだな」

山里管理官が言った。

「そういうことだと思いますが、今確認を取っているところです」

竜崎は、福岡と聞いて、また引っかかりを覚えた。本部長の言葉を聞いたときもそうだったが、なぜそう感じるのか理由がわからない。

だから、もどかしかった。

ともあれ、被害者の身元がわかれば、捜査本部は活気づく。交友関係などの鑑取り捜査が進むからだ。

「しかし……」

安孫子署長が訝しげに言った。「どうして福岡県警が運送業者の従業員の身元なんて知っていたんだろう」

「それなんですが……」

こたえたのは、中隊長だった。「その運送業者は、けっこう訳ありのようです」

「訳あり……?」

「フロント企業の可能性があって、福岡県警の暴対部が内偵していた矢先だったんです」

ところ変われば部署名も変わる。

警視庁では組織犯罪対策部、神奈川県警では組織犯罪対策本部だが、福岡県警では暴力団対策部だ。

　竜崎は尋ねた。

「つまり、その運送業者は、暴力団と関係があるということか？」

　中隊長は緊張した面持ちでこたえた。

「確かかどうかはわかりません。内偵中ということでしたので……」

　警部の中隊長から見れば、警視長の刑事部長は雲の上の存在なのだろう。

　板橋課長が言った。

「福岡ってのは、こっちの感覚からすると、かなり特殊な環境ですからね」

「特殊な環境？」

「暴力団が多いし、過激です。土地柄でしょうね。博多はそうでもないですが、北九州市のほうは特に……」

　その地域での、市民を巻き込んだ抗争事件のことはたびたび耳にしていた。

　竜崎は無言でうなずいた。

　板橋課長が、山里管理官と中隊長に言った。

「被害者の身辺を徹底的に洗え。必要があれば、福岡県警に協力を要請する」

　板橋課長は竜崎に確認を取った。「よろしいですね？」

「もちろんだ」

山里管理官と中隊長が礼をして管理官席に戻っていった。

そのとき、携帯電話が振動した。伊丹からだった。

廊下に出ようかと思ったが、個人的な話をするつもりはない。その場で電話を受けることにした。

「何だ？」

「横須賀にいるのか？」

「何で知っている？」

「殺人だろう？　おまえのことだから、捜査本部に出向いているんじゃないかと思ってな」

「そのとおりだ」

「じゃあ、忙しいんだろうな」

「そうだ。何か用か？」

「その後、八島はどうだ？」

「あいつが着任したとたん、俺は横須賀だ。よくわからない」

「八島は、ハンモックナンバー一番の誇りがあるから、ライバルを平気で蹴落とそうとする。気をつけろ。探花(たんか)のおまえがやつの身近にいるんだから」

「タンカ？　何のことだ？」

「ん……？　花を探すと書いて探花だ」

花を探す……。

まさかこいつは、俺がヴェルニー公園で紫の薔薇(ばら)を探していたことを知っているんじゃないだろうな。

竜崎はそう思って眉(まゆ)をひそめた。

11

「花を探す……？」

竜崎が聞き返すと、電話の向こうの伊丹は言った。

「何だ。知らないのか？」

「知らないって、何のことだ」

「状元、榜眼、探花の探花だよ」

「だから、それは何のことだ」

「ふふん。東大卒は一般教養にうといな」

「その件については、山ほど言い分がある」

「まあそうとんがるな。知らなきゃ教えてやる。科挙の最終試験の合格者で、トップを状元、二番手を榜眼、三番目を探花と呼んだんだそうだ」

「科挙って、中国のか？」

「そう。つまりさ、俺たちの国家公務員試験を科挙になぞらえたわけだ。八島が状元、俺が榜眼、そしておまえが探花ってわけだ」

「おまえ、妙なことを知っているな」

「妙なことって言うなよ。いいか、八島のやつは、いまだに状元にしがみついているんだ。他に取り得がないからな。そして、そのプライドを守るために、仲間を蹴落とそうとする。俺たちキャリアは、生き残るのは一人だけだからな」

生き残るのが一人というのは、決して大げさではない。警視総監になれるのは、同期で一人だけ。警察庁長官になれるのも一人だけだ。

競争に負けた者は、定年まで勤めることはない。途中でリタイアするのだ。まさにサバイバルゲームなのだ。

だが、すべてのキャリアが警視総監や警察庁長官を目指しているわけではない。たった一つの椅子のためだけに生きるのは、あまりにむなしいと竜崎は思う。

警察では、椅子取りゲームより他にやるべきことがたくさんあるのだ。

「そんなやつの相手をしている暇などない」

「おまえが相手をしなくても、向こうはいろいろな手を使って足を引っぱりにくるぞ」

竜崎は、近くに板橋課長や安孫子署長がいるのが気になった。立ち上がり、幹部席から離れた。人のいない部屋の隅で電話を続けた。

「俺が横須賀に来ることになったのも、今考えると、八島のせいだ」

「八島のせい……？」

「本部長がいっしょに来るはずだった。そうなれば、俺はただのお供だ。だが、王将が動くことはない、飛車でも動かしておけと、八島が言った」

「王将ってのが県警本部長で、飛車がおまえってわけか」

「本部長は、最初から来たくなさそうな様子だったから、その言葉は渡りに船だった」

「八島のやつは、おまえに責任をおっかぶせて、おまえが失敗するのをじっと待っているんだ。ああ、俺はあいつのそばにいなくてよかったよ」

「おまえの言うことは当てにならないが……」

「当てにしたほうがいいぞ」

「たしかに、思い当たるフシがないわけじゃない」

竜崎は、八島が「アメリカ人を捜査本部から追い出せ」と言っていたのを思い出した。警務部長が何でそんなことに口を出すのか理解できなかった。

また、被疑者を逃がすために米軍が画策している、とか、米軍が匿っているなどという声が上がっていると、佐藤本部長が言っていた。

どうせ八島あたりだろうと、竜崎は思っていたが、やはりその想像は当たっていたのだろう。

伊丹が言ったように、竜崎にターゲットを絞り、出世競争から追い落とそうとしているのかもしれない。

しかし、と竜崎は思う。

「いや、そんな単純なことじゃないような気がする」

「八島のやり口は決して単純じゃないぞ」

「目的が出世競争だというのなら、動機は単純だということだ」

「動機だって？」

「あいつは何か目的があって、俺を横須賀に来させたのだと思う」

「おまえのことだから、八島に言われなくても捜査本部に顔を出したんじゃないのか？」

「俺が言いたいのは、八島が、本部長といっしょではなく、俺一人で横須賀に来させようとしたということだ」

「だから、おまえに責任を負わせて、失敗するのを待つと……」

「俺が失敗すると思うか？」

「おまえ、ほんとに嫌なやつだな」

「こっちには信頼する捜査一課の課長も来ている。そうそう大失敗などするもんじゃない」

伊丹は押し黙った。何事か考えている様子だ。やがて、彼は言った。

「何か工作をするかもしれんぞ」

「工作……？」

「ああ。おまえが失敗するように、誰かに働きかけるとか……」

今度は竜崎が考え込んだ。

八島の発言を思い出していたのだ。たしかに、竜崎にプレッシャーをかけているように感じられる。

竜崎は言った。

「同期トップが、そんなつまらないやつとは思いたくないな」

「とにかく、気をつけることだ」

「そうだな」

伊丹が電話を切った。

科挙のことが気になり、スマートフォンでネット検索した。状元、榜眼、探花。なるほど、こういう漢字を書くのか……。

さらに、八島のことが気にかかった。探花である自分を蹴落とそうとしているという話は別にどうでもいい。

それだけではなく、さらに何かを考えているのではないか。そんな気がしていたのだ。

隣にいる板橋課長が言った。

「福岡県警に連絡を取ります」

竜崎はこたえた。

「俺がまず、刑事部長に電話をする」

「そうしていただけると、助かります」

警察はトップダウンの組織だ。現場の努力が、上の無理解や妨害で無駄になることすらある。

部のトップを押さえておくことが大切なのだ。部長なんてそのためにいるようなものだと、竜崎は思う。

板橋課長が竜崎に尋ねた。

「福岡県警の刑事部長をご存じですか？」

「名前は知っている。たしか、藤岡当馬だ」

板橋課長がうなずいた。

「ノンキャリアの警視長です」

ノンキャリアで警視長まで到達できる者は稀だ。それだけ優秀だということだ。同時に、おそらくは定年間際だということを意味している。

警視長は、ノンキャリアの最終到達点だ。

「電話をしてみよう」

連絡係に警電で福岡県警にかけてもらう。

「刑事部長が出られています」

そう告げられて、竜崎は受話器を取った。名乗ると、電話の相手が言った。

「福岡県警刑事部の藤岡です。そうですか、今は神奈川県警におられるのですね」

向こうは竜崎のことを知っているようだ。

「どこかでお目にかかったことがありますか？」

「いやいや、私は地方なんで、会ったことはないが、あなた、有名だから……」

かつて警察庁の長官官房から所轄に左遷になったことが噂になっていたのだろう。

「横須賀の事件なんですが……」

「ああ、話は聞いていますよ。新しく開通したフェリーが関係しているらしいね」

「はい」

「いやあ、フェリー開通で福岡と横須賀の間で人の流れや商売は増えるだろうが、同時に犯罪も増えるだろうな。そんなことを考えていた矢先でした」

「おっしゃるとおりだと思います。すでに、被害者についての情報提供をお願いしましたが、今後もご助力いただきたいと思いまして……」

「わかりました。わざわざ仁義を通してくれるとは、律儀ですね」

「では、よろしくお願いします」

「ああ。ちょっと待ってください。おそらく、暴力団対策部の協力も必要になるでしょう。部長に代わるから……」

「それは助かります」

電話が保留になり、しばらく待たされた。

やがて、電話がつながり、別の声が聞こえてきた。

「お待たせしました。暴対の荒磯といいます」

「神奈川県警の竜崎です」

荒磯のプロフィールはまったく知らない。だが、声からするとかなり年齢が上のようだ。たしか、福岡県警の暴対部長は警視正で、やはりノンキャリアのはずだ。

彼も定年が近いはずだ。

「横須賀の件ですね」

「ええ。被害者の身元割り出しについては、お世話になりました」

「何でも言ってくださいよ。フェリーのおかげで、福岡県警と神奈川県警は関わりが増えるんじゃないでしょうか」

「そうかもしれません」

「警務部長の人事も、そんなことが考慮されたのかもしれませんねえ。八島さんは元気ですか？」

「彼の赴任後すぐに、私は横須賀に詰めることになったので、あまり会ってはいませんが、元気のようです」

「そうですか。会ったらよろしく言ってください」

協力要請は無事終わった。これで、現場はやりやすくなるはずだ。

電話を切って、ふと思った。

そうか、八島は福岡から異動してきたのだったな。

荒磯部長が言ったとおり、今後、福岡と神奈川の人的交流が増えると、警察上層部の誰かが考えたのかもしれない。

それにしても、八島がやってきたとたん、横須賀で福岡絡みの事件だ。偶然だろうが、竜崎はついそこに何かの意味があるのではないかと思ってしまう。八島の振るまいが少々怪しげなだけになおさらだった。

しばらく考えてから、竜崎は席を立った。

また部屋の隅に行き、携帯電話を取り出した。そして、阿久津参事官を呼び出した。

「部長、どうされました？」

「内密に調べてほしいことがある」

「何でしょう」

「八島部長についてだ」

「何についてですか？」

「福岡時代のことを調べてほしい。彼の業績とか評判とか……。まあ、そういったことだ」

「わかりました」

「理由は訊かないのか？」

「訊きません」

「そうか。そっちの様子はどうだ？」

「変わりありません」

「じゃあ、よろしく頼む」

「かしこまりました」

竜崎は電話を切った。

八島について調べるように竜崎に言われたことを、阿久津は誰かにしゃべるかもしれない。最悪の場合は、八島本人に伝える恐れもある。

竜崎は阿久津を信頼しているわけではない。ただ、きわめて有能なことは確かだ。いろいろな伝手（つて）を持っているだろう。

この際、使えるものは何でも使おうと思った。八島に知られたとしても、その時はその時だ。

竜崎が幹部席に戻ると、キジマ特別捜査官と潮田が戻ってくるのが見えた。

竜崎が声をかけると、彼らは幹部席の前にやってきた。

「基地の中の捜査はどうです？」

竜崎がそう尋ねると、キジマはこたえた。

「まだ知らせはありません。今朝捜査を始めたばかりですから……」

「手がかりもないのですか？」

「ですから、私はまだ知らせを受けていないのです。何かわかれば、すぐに知らせてくるはずです」

竜崎がうなずくと、板橋課長が潮田に尋ねた。

「シオさんは何を調べていたんだ？」

「現場付近で聞き込みです。他に目撃情報がないかどうか……」

「それで……？」

「今のところ、何も……」

キジマが板橋課長に言った。

「どう考えても、おかしいんですが……」

板橋課長が聞き返した。

「何がおかしいんですか？」

「堂門さんの目撃情報です。彼は、白人男性がナイフを持っていたと言いました。しかし、遺体発見現場を見ると、殺害場所はあそこでないことは明らかです。ナイフを持っているというのは、おかしいでしょう」

板橋課長が潮田に言った。

「シオさんはどう思うんだ？」

「いや、どうと言われましても……。堂門さんは、犯人が死体を遺棄しにヴェルニー公園に来たのを目撃したということなんでしょうな」

キジマが言った。

「死体を遺棄するのに、ナイフが必要ですか？」

潮田は肩をすくめた。

「縛っていたロープを切るのに使ったとか……。だから、ナイフの刃に血がついていなかったんじゃないかね。あんた、それを気にしていただろう？」

キジマが言う。

「本気で言ってるのですか？　死体を遺棄するのに、どうして縛っていたロープを切る必要があるんです？」

「それは犯人に訊いてほしいね」

「だいたい、一人で公園に死体を運んだというのも、ちょっと考えられません」

竜崎は言った。

「みんな本音を言ったらどうだ。腹の探り合いをしているときじゃないだろう」

板橋課長と潮田が渋い表情になる。

キジマが竜崎に尋ねた。

「本音を言えというのは、どういうことですか？」

竜崎はこたえた。

「板橋課長も潮田さんも、目撃情報には疑問を抱いているのです。あなたが言ったことについては、板橋課長たちもほぼ同じ見解です。しかし、それをあなたには言えない。そう考えていたのです」

「なぜ、私に言えないのです？」

「米軍の思惑がわからないからです。最悪の場合、犯人を匿っていたり、逃がそうとしていることも考えられます」

キジマは、額にてのひらを当て、天井を仰いだ。

「なんとばかばかしい。そんなことをして、我々に何の得があるのですか」

「沖縄などでは、何度も行われたことです。米軍兵士や軍属を守るためです」

キジマは竜崎を見据えて言った。

「協力には、お互いの信頼が必要です。我々を信じてもらえないのなら、捜査に協力することはできません」

竜崎は平然と見返していた。

「おっしゃるとおりだと思いますが、地位協定を前面に出される限り、私たちは米軍を信頼することなどできないのです」

キジマは大げさにかぶりを振った。

「では、捜査協力の話はここまでですね」

「そうならないために、うちの者に本音を言えと言ったのです」

「でも、米軍を信頼できないのでしょう？」

「あなたを信頼することはできます」

キジマはしばらく何事か考えている様子だった。

やがて、彼は言った。

「まず、皆さんの本音とやらを聞くことにしましょう。それが信頼への第一歩でしょう」

竜崎は板橋課長を見た。

板橋が話しはじめた。

「現場を見れば、あそこが殺害現場でないことは、誰にでもわかる。どこかで殺害されて、ヴェルニー公園に運ばれてきた。当然、そう考える。そうなると、ナイフを持ってその場から逃走した人物という目撃証言は、明らかに不自然だ」

「それで……？」

　キジマが言った。「あなたの解釈は？」

「目撃証言は虚偽ではないかと……」

「キョギ？　つまり嘘だということですか？」

「そうだ」

「何のために……」

「それはまだわからない。おそらくは、捜査を攪乱するためではないかと思うのだが……」

　板橋課長のその言葉を聞いて、竜崎は「そうか」と思った。

　佐藤本部長がやはり、「捜査の攪乱」という言葉を使った。そのとき、妙にひっかかるものを感じたのだ。

　おそらく、目撃証言のことがずっと頭にあったからだろう。今それに気づいたのだ。

　キジマが言った。

「では、走り去ったのが白人男性だというのも……」

　板橋課長がこたえた。

「嘘の恐れがある」

「それなのに、基地内を調べたいと言ったのですか？」

「可能性を一つ一つ確認していく。それが捜査だろう」

「ＮＣＩＳは存在しないかもしれない人物を探しているわけですね」

「それはまだわからない」

「本音を言えと、竜崎部長がおっしゃったでしょう」

板橋課長はちらりと竜崎を見てからこたえた。

「私は、白人男性は存在しないのではないかと考えている。しかし……」

キジマが聞き返す。

「しかし、何です？」

「それはまだ確認されてはいない。繰り返すが、確認することが、我々の仕事だろう」

キジマは小さく肩をすくめた。

「それはそうですが、私はそれを仲間に伝えなければなりません」

竜崎は尋ねた。

「それを伝えた結果、どうなると思いますか？」

キジマがこたえた。

「捜査を中止するかもしれませんね。ばかばかしい話ですから……」

「そうなったら、我々が捜査を引き継ぎます。板橋課長が言ったように、目撃証言が本当なのか嘘なのかを確かめるのが我々の仕事ですから……」

「ですから、それはできない相談だと言っているでしょう」

「ならば、目撃証言が嘘かもしれないなどと、わざわざＮＣＩＳに知らせたりしないでいただきたい」

「それを知っていて伝えなければ、仲間を裏切ったことになります」

「仲間というのは、ＮＣＩＳの捜査官のことですか？」

「もちろんそうです」

「だとしたら、考えを改めていただきたい」

「何ですって？」

「あなたは今、この捜査本部の一員なのです。あなたの仲間は、我々捜査本部のメンバーなのです」

「それはこじつけですね」

「こじつけなどではありません。私は本気でそう思っています。だからこそ、あなたを信頼できると言っているのです」

キジマはまた考え込んだ。

12

ここでキジマがどういう決断をしようとかまわないと、竜崎は考えていた。

もちろん、協力してくれたほうがいい。だが、もともと、被疑者が米軍関係者かもしれないということで、米軍の協力が必要だと考えていたのだ。

白人男性を見たという目撃証言が嘘ならば、ＮＣＩＳの協力の必要性は低くなる。

キジマは、竜崎を見つめていた。まるで心の中を読もうとしているかのようだと、竜崎は思った。

キジマが言った。

「わかりました。竜崎部長がおっしゃるとおり、私は捜査本部の一員として、板橋課長の指揮下に入ることを約束しました。今さらその言葉にそむくことはできません」

竜崎は無言でうなずいた。

キジマは潮田に尋ねた。

「あなたは、目撃証言について、どう考えていたのですか？」

「私の考えかね？　そりゃ、課長と同じだよ」

「それなのに、目撃証言が本当だと私に思わせようとしていました」

「そうだったかな？」

「そうです。人を刺してもナイフに血が付着しないこともあるとか言って……」

「でも、それは事実だよ。人を刺した刃物ってのは、意外ときれいなもんだ」

「もういいだろう」

竜崎は言った。「話を先に進めよう」

その言葉を受けて、板橋課長が言った。

「そういうわけで、目撃情報の提供者をマークしたい。だから、不用意に触らないでほしい」

キジマが言った。

「そういうことは、前もって言ってほしかったですね」

板橋課長が言った。

「これからはそうする」

「監視はしているのですか？」

「している」

「じゃあ、私たちが話を聞きにいったのも、その監視している捜査員に見られていたのですね？」

「見ていた」

そのときの捜査員の忌々しげな顔が目に浮かぶようだと、竜崎は思った。

板橋課長がさらに言った。

「堂門に動きがあれば、すぐに対処する」

キジマが尋ねる。

花「対処……？　具体的にはどういう対処をするのですか」

「ケースバイケースだ。逮捕する場合もあり得る」

「堂門のことは、調べているのですか？」

探「当初は情報提供をしてくれた善意の第三者だと思っていたので、詳しくは調べなかった。今、あらためて洗いはじめている」

「さて、私と潮田さんは、何をすればいいのでしょう」

「殺害場所を特定したい。何か手がかりがないか、徹底的に調べてくれ」

キジマがうなずいた。

「わかりました」

潮田が言った。

「やれやれ……。やっとちゃんとした捜査ができそうだ」

キジマと潮田が幹部席を離れて、捜査本部を出ていった。

その後ろ姿を見送ってから、板橋課長が言った。

「キジマに何もかもぶちまけるとは思いませんでした」

「あれ以上隠していても意味がない」

「まあ、結果オーライだったと思います」

「アメリカ人には、へたに隠し事をしたり、腹の探り合いをするより、言いたいことをはっきりと言ったほうがいいんだ」

「部長に腹芸は無理でしょうしね」

「そんなことはない。他人の意図を酌むのは得意だと自負している」

終始無言で話を聞いていた安孫子署長が言った。

「キジマは本当に、NCISの同僚に目撃情報のことを話さずにいてくれるでしょうか」

「どうでしょう。でも別に、話してもかまわないと思います」

「我々が隠し事をしていたと知り、彼らが態度を硬化させるかもしれません」

「横須賀署としては、なるべく米軍とは揉めたくないのですね。お気持ちはわかります。しかし、だからといっていつも顔色をうかがっている必要はないと思います」

「はあ……」

安孫子署長は、それきり何も言わなかった。

電話が振動したので取り出してみると阿久津からだった。

「失礼……」

竜崎は安孫子署長に一言断ると、席を立って、また部屋の隅に行った。そこで電話するのが習慣になりそうだ。

「どうした？　何かあったか？」

「八島部長の件です」

「早いな。もう何かわかったのか？」

「善は急げといいますから」

「善かどうかはわからないがな……」

「私が部長のために何かをするのは、間違いなく善です」

冗談を言っているのだろうか。食えないやつだと、竜崎は思った。

「それで、何がわかった？」

「文部科学副大臣の大西渉（おおにしわたる）とかなり親しい間柄のようです」

「大西渉……？　衆議院議員だな。たしか、地元は福岡……」

「福岡県警時代に親しくなったようです」

「部長職の任期はだいたい二年だ。たった二年の間に、どうやって親しくなったというんだ？」

「さあ。そのへんのことは私にはわかりかねます。ただ、八島部長が福岡県警にいる間に、総選挙がありました」

「選挙のときに何か関わりがあったということか？」

「ですから、私にはわかりかねると申し上げているじゃないですか。まあ、これは一般論ですが、選挙があると、いろいろな人間関係が生まれます」

　竜崎は考えた。

　福岡県選出の衆議院議員か……。

「それについて、詳しく調べてくれ」

「それとは……？」

「八島と大西渉についてだ」

「わかりました」

「俺が八島について調べろと言ったことを、誰かに話したか？」

「まさか。私がそんなことをすると思いますか」

竜崎は電話を切った。

その場で立ったまましばらく考えていた。席に戻ろうとして、ふと足を止め、伊丹に電話をかけた。

「どうした？」

「ちょっと教えてほしいことがある」

「何だ？」

「おまえ、ひょっとして、八島と大西渉について、何か知らないか？」

「そいつは知る人ぞ知る情報だぞ」

「おまえは知っているのか？」

「そりゃあ、榜眼だからな」

「どんな情報だ？」

「本気で守りを固める気になったんだな」

「そうじゃない。ただちょっと、気になってな……」

「八島は福岡で、大西と親しくなった。選挙で八島が票の取りまとめをやったと言うやつまでいる」

「それは大問題だ」

「なに、地方じゃそういうことがたまにあるのさ」

「二課の選挙係が聞いたら喜びそうな話だ」

「まあ、あくまでも噂だからな……。そんなことを言うやつもいるというだけのことだ」

「情報というのは、それだけなのか？」

伊丹は少し声を落とした。

「大西のスキャンダルを、八島がもみ消したらしい」

「スキャンダル……？　女性絡みか？」

「そうじゃない。福岡と聞いてぴんと来ないか？」

「さあな……」

「マルBだよ」

「暴力団か……」

「地方では、いまだに政治家とマルBのつながりが密なことがある。マルBが地方名士だったりすることもあるしな……」

「大西が暴力団員と関わりを持っていたということか？」

「真喜田組という指定暴力団が、北九州にある。大西渉が、そこの組長や幹部と会食をしたり、組関係の冠婚葬祭に出席したことが明るみに出そうになったことがあるそうだ」

「脇が甘いな」

「中央の感覚とはちょっと違うんだよ。地元じゃ付き合いが何より大切なんだ」

「それで……？」

「それを、八島がもみ消したという噂だ」

「組長の名前は？」

「覚えてないよ。そんなの調べればすぐにわかるだろう」

「大西と八島の関係は、今でも続いているんだな？」

「そういう関係は、決して切れない。お互いにメリットがあることだろうしな……」

「それは確かな話なのか？」

「確かかどうかはわからない。なんせ、噂話だからな」

「裏は取れないか？」

「俺にそれをやれってのか？」

「いや、言ってみただけだ」

「八島は、出世のためだったら何だって利用する。衆議院議員の力だって利用するだろうよ」

「わかった。参考になった」

「何の参考だ？」

「じゃあな」

「おい、待てよ……」

竜崎は電話を切った。

福岡が妙に絡んでくる……。そんなことを思いながら席に戻った。

ふと思いついて、竜崎は板橋課長に言った。

「目撃情報をくれた堂門について、福岡県警に問い合わせてみてはどうだろう？」

板橋課長は眉をひそめた。

「福岡に……？　それはまた、なぜです？」

「虚偽の目撃証言をしたとなれば、善意の第三者とは思えない。事件に関与している可能性がある」

「そうですね」

「被害者が、福岡の運送会社の従業員だったんだ。ダメ元で問い合わせてみてはどうかと思ったんだ」

板橋課長が言った。

「わかりました。やってみましょう」

その返事があったのは、それから約三十分後の午後五時頃のことだった。

福岡県警からの電話を受けて、山里管理官が幹部席に報告に来た。

「堂門繁を知っているという捜査員がいるとのことです。福岡県警・小倉南署の暴対係の刑事だそうですが……」

板橋課長が、竜崎に言った。

「たまげましたね。的中です」

竜崎は山里管理官に尋ねた。

「暴対係が知っていたということは、堂門繁は暴力団員ということなのか？」

「いえ、それがよくわからないのだそうです」

板橋課長が尋ねた。

「よくわからない？　それはどういうことだ？」

「捜査の過程で話を聞いたことがあるだけのようで、暴力団の構成員とかではなさそうなのですが……」

竜崎が質問した。

「小倉南署の刑事が知っているということは、堂門も福岡に関係があるということだな？」

「その捜査員が堂門と会ったのは、年が明けた頃のことだそうです。つまり、四ヵ月ほど前ですね」

竜崎はさらに尋ねた。

「堂門はいつから今の会社に勤めているんだ？」

山里管理官がこたえた。

「至急確認します」

その言葉が聞こえたのだろう、管理官席で捜査員が慌（あわ）てて電話をかけるのが見えた。

板橋課長が竜崎に言った。

「四ヵ月前は、福岡にいたわけですね」

「被害者と関係があるかもしれない」

板橋課長が山里管理官に言った。

「堂門に会ったことがあるという捜査員から、詳しく事情を聞くように、福岡県警に頼んでくれ」

「わかりました。堂門ですが、身柄を押さえますか？」

「まだ早い。だが、監視を怠るな」

「了解しました」

山里管理官が席に戻っていくと、板橋課長が竜崎に言った。

「場合によっては、捜査員を福岡に行かせることになるかもしれません。出張費がかかると言いたいのだ。竜崎はこたえた。

「かまわない。必要なら行かせてくれ」

そのとき、管理官席から山里管理官の声が聞こえてきた。

「堂門が今の会社に勤めはじめたのは、三ヵ月ほど前だということです」

「その前は、福岡に住んでいたのか？」

板橋課長が尋ねる。

「はい。会社の同僚にそう話していたらしいです」

竜崎はつぶやいた。

「やはり、福岡か……」

板橋課長が竜崎を見た。

「やはり、とおっしゃいますと……？」

「いや……。被害者とつながったと思ってな……」

「それだけですか？」

竜崎は板橋課長の顔を見た。

「なかなか鋭い指摘だな」

「捜査一課長ですからね」

基本的に隠し事をするのが苦手だ。腹芸は無理だろうと板橋課長が言ったが、実は、当たっていないこともないと、竜崎は思っていた。

「八島部長の福岡時代のことが気になってな……」

「は……？」

さすがに、板橋課長は理解できない様子だ。「八島警務部長が、本件と何の関係があるんです？」

「関係ないとは思うが、何かとひっかかるんだ」

「ひっかかる……」

「ああ、気にしないでくれ。俺の個人的な思いが影響しているようなんだ」

板橋課長は、キャリアの出世競争になど興味はないはずだ。だから、その話題はそこまでにしようと思った。

幸い、板橋課長はそれ以上追及しようとはしなかった。


午後七時を回った頃、安孫子署長が言った。

「部長はまだここにおられますか?」

竜崎が引きあげないと、安孫子署長も帰れないのだろう。

「そうですね。では、そろそろ……」

竜崎がそう言ったとき、出入り口からばたばたと駆け込んできた者たちがいる。

中隊長と捜査員二名の計三名だ。

中隊長は、管理官席に駆けていき、その後すぐに、山里管理官とともに幹部席の前にやってきた。

板橋課長が尋ねた。

「どうした?」

中隊長がこたえた。

「堂門が消えました」

「消えた？　それはどういうことだ？」

「監視をかいくぐって、姿をくらましたんです」

竜崎と板橋課長が顔を見合わせた。

13

「緊配（きんぱい）はどうだろう」

安孫子署長が言った。

竜崎はこたえた。

「やるべきでしょうね」

板橋課長が竜崎に言った。

「配備の規模はどうします？」

「通信指令本部の管理官の判断に任せよう」

「通信指令本部ではなく、通信指令課です」

板橋課長がそう言いながら、自ら警察電話の受話器を取った。「連絡してみます」

そうか。神奈川県警では、「本部」ではなく「課」なのだな。まだ、警視庁の習慣が抜けきらない。

そんなところが、神奈川県警の人々の鼻につくのかもしれない。

電話を切ると、板橋課長が言った。

「指定署配備にするそうです。事件発生時じゃないので、渋ってましたが……」

本来、緊急配備は事件が発生した直後に、被疑者確保を目的として実施される。今回はちょっと事情が違うというわけだ。

「だが、重要度は変わらない」

竜崎は言った。「指定署配備と言ったか？　横須賀署だけの配備ということだな？」

「そうです」

花「横須賀市内には、横須賀南署と田浦署もあるはずだ。近隣署にも配備を求めるべきじゃないのか？」

それに対して、板橋課長が言う。

「通信指令課では、効率を考慮したのだと思います」

探「効率……？」

「横須賀南署、田浦署に比べて、横須賀署の交番や駐在所の数が多いんです。つまり、それだけ地域課係員の数が多いということです。それだけじゃない。犯罪者が逃走しようとしたら、たいていは交通が発達している横浜・東京方面に向かうんです。横須賀南署管内のほうに逃げる確率は低いんです」

「確率の問題じゃないと思うが……」

「人員は限られていますので、確率を考慮することも大切だと思います」

「とにかく、堂門を見つけることだ」

「地域課の緊配だけでなく、捜査員もそちらに集中して投入します」

板橋課長は、山里管理官と中隊長にてきぱきと指示を始めた。

無線と携帯電話を駆使して、すべての捜査員に指令が飛ぶ。中隊長をはじめとする捜査員は再び外に出かけていった。

山里管理官が幹部席の前に来て、板橋課長と話をしている。それが聞こえてきた。

山里管理官が言う。

「堂門が姿を消したってのは、どういうことでしょう」

板橋課長が悔しげにこたえる。

「俺たちは大原則をおろそかにしたってことだ」

「大原則……？」

「第一発見者と目撃者を疑えってことだ」

「堂門が殺害犯だということでしょうか？」

「事件に深く関与していることは間違いない」

「なぜそう断言できるのですか？」

「姿を消したってのは、嘘をついていたってことだろう」

「そうでしょうね……」

「どうして嘘をつかなけりゃならなかったんだ？」

山里管理官が考えながら言った。

「そうですね……。考えられることは、とりあえず二つ。一つは、世間の注目を集めたかったから。二つ目は、捜査の攪乱を狙ったということです」

「後者の可能性が圧倒的に高い」

竜崎も板橋課長のその意見を支持した。

板橋課長が言った。

「捜査の攪乱が必要なのは、事件に関与しているからだろう」

「おっしゃるとおりです」

「それに、目撃証言の内容だ」

「内容……？」

「堂門は、白人男性が刃物らしいものを持っていたと言ったんだ。つまり、被害者の死因が刃物の刺し傷だって知っていたわけだ。マスコミが報道する前に、だ」

「つまり、犯人しか知り得ない情報だということですね？」

二人のやり取りを聞いていた竜崎は言った。

「堂門が殺人の実行犯とは限らないが……」

板橋課長、山里管理官、そして安孫子署長が、同時に竜崎を見た。

板橋課長が尋ねる。

「どういうことです？」

「キジマ特別捜査官が言っていたことが気になる」

「何を言ってましたっけ？」

「遺体を遺棄するのは、一人では難しいということだ」

「単独犯ではないということですか……」

「キジマが言ったとおり、人目につかないように公園に死体を遺棄するには、それなりの人手が必要だと思う」

「その点については……」

板橋課長が言った。「私も気になっていたことがあるんです」

「何だ？」

「殺害現場です。刺し傷による失血死だということですが、だとしたら現場にはおびただしい血が溜まっているはずです。しかし、捜査員はそのようなものを発見できていないし、通報もない」

「気づかれないようにきれいに掃除したのだとしたら、一人や二人でできることじゃありません」

「それで……？」

竜崎は考え込んだ。

「組織立った動きが必要だということだな……」

板橋課長がうなずいた。

「ともあれ、殺害現場から遺体を運んで、公園に遺棄するには、たしかに何人かの手が必要だと思います」

「そう。堂門はその集団の一人なんじゃないか」

「その可能性はおおいにあります」

竜崎はその言葉を受けて言った。

「すぐに、誰かを福岡に派遣してくれ。堂門を知っているという福岡県警の捜査員からできるだけ詳しい情報を聞き出してくれ」

「了解しました」

板橋課長がすぐにそれを山里管理官に指示する。

竜崎は、あれこれ思案していた。組織的な犯罪といえば、考えられるのは何を措(お)いても暴力団だ。

金のためなら何でもやる連中だ。暴力団が金に執着する理由を、マル暴刑事から聞いたことがある。

彼らはとにかく、上納金がきついらしい。税金に苦しむ庶民の比ではないという。末端からそれなりの大きな組織まで、上納金のためにいつもアップアップの状態なのだそうだ。

末端組織は、上部団体に搾(しぼ)り取られる。その上部団体もさらにその上から搾り取られる。トップしか儲(もう)からない構造になっている。

トップは左うちわかというと、必ずしもそうではない。組織のために何かと出費が嵩(かさ)むのだ。本家がケチケチしてはいられない。大組織になればなるほど金はかかる。これは当たり前のことだ。

福岡県警から何か手がかりが得られるといいが……。

竜崎がそんなことを思っていると、板橋が言った。

「殺害場所ですが、どこか室内かもしれませんね……」

「室内……？」

「ええ。それなら人目につかないし……」

「人目にはつかないが、臭いがする」

竜崎の言葉に、板橋課長は驚いたような顔を向けた。

「なんだ、その顔は？」

「いえ、現場のことをよくご存じだと思いまして……。たしかに、殺人などがあると近隣の住民が臭いに気づくものです」

「それを何人かできれいにしたということかもしれない……。あるいは……」

「あるいは……？」

「大量の血が流れても人目につかない場所なのか……」

「人目につかない……？　使われていない倉庫とかですか？」

「倉庫か……。俺はまったく別のことを考えていた」

「何です」

「たとえば海だ……」

板橋課長がしげしげと竜崎の顔を見た。安孫子署長も自分のほうを見ていることに、竜崎は気づいた。

「根拠があって言ったわけじゃない。横須賀は港町だからそう思っただけだ。思いつきだ。忘れてくれていい」

「いや……」

板橋課長が言った。「それはいい線かもしれません」

「しかし、港や海岸で殺害したとしても、刺殺体から流れ出る血は隠しようがないんじゃないか」

「港などではなく、海の上だとしたら……」

「船だと言うのか？　ならば、わざわざ公園に遺体を捨てたりしないで、海に放り込めばいいだろう」

花「何らかの理由があって、遺棄したんです。死体は発見される必要があったんじゃないでしょうか。つまり、何者かへのメッセージなのかもしれません」

探「見せしめか。暴力団がらみだとありそうな話だが……」

「とにかく、福岡からの情報を待ちましょう」

そのとき、竜崎の携帯電話が振動した。外務省の内山からだった。

竜崎は席を立ち、いつもの部屋の隅に行った。するとそこに椅子が置いてあるのに気づいた。

何度もそこに足を運び、電話をかけている竜崎の姿を見て、誰かが椅子を置いてくれたのだろう。部長というのは、たいしたものだと他人事のように思いながら、竜崎は電話に出た。

「その後、どうでしょう？」

「大使館員をウッチにまで派遣するのは難しいので、現地の警察に確認してもらいました」

「警察に……？」

「はい。ご子息が滞在されているアパートを訪ねるように言ったのです」

「それで……？」

「ご子息は不在でした。申し訳ありませんが、それ以上のことはわかりませんでした」

最悪なのは、部屋で邦彦の遺体が発見されることだ。そうなれば、すべての可能性は絶たれ、逃げようのない現実を突きつけられることになる。

取りあえず、その最悪の事態ではなかった。だが、息子の所在が確認できないことには変わりはない。

「詳しいことがわからずに、申し訳ありません。私も隔靴掻痒の思いです。できれば、私がポーランドに飛びたいのですが……」

「アパートまで調べてくださるとは思ってもいませんでした。まことに恐縮です」

口ではそう言ったが、実はそれくらいは当然のことだと思っていた。日本大使館は、外国にいる日本人を守るためにあるのだ。

いや、実はそうではないという説もある。外務省というのは、日本国民のために働いているわけではないらしい。政府のためですらないという。もともとは皇室のためにあったので、今でもその伝統が残っているのだと主張する人たちがいる。

それが本当かどうかは竜崎にはわからない。ともあれ、内山の好意に感謝しているのは確かだった。

「アパートは別段変わった様子はなかったということです」

「部屋で何者かに襲撃されたりしたわけじゃないということですね？」

「そういうことです。今のところ、ご子息が犯罪に巻き込まれたことを疑う要素は何もありません。事故などの報告も、大使館は受け取っていません。また、現地の警察も失踪(しっそう)事件とは考えていないようです。つまり、現時点では深刻な事態ではないということです」

内山は、「現時点では」と言った。こちらを安心させるように気を使ってくれているが、自分の発言にしっかり保険をかけておくことも忘れないのだと、竜崎は思った。

さすがは外務官僚だ。おそらく無意識なのだろうが、ちゃんと逃げ道を作っている。

竜崎は言った。

「すっかりお手を煩(わずら)わせてしまって申し訳ありません。感謝いたします」

「早く消息がつかめるように努力します。ではまた、連絡します」

電話が切れると竜崎は、冴子にかけた。いつの間にか、椅子に腰を下ろしていた。

「どうしたの？」

「今、外務省の内山さんから電話があった」

「何だって？」

「現地の警察がアパートを調べに行ってくれたそうだ。邦彦は不在だったが、変わった様子はなかったそうだ」

「いなかったのね……」

「犯罪に巻き込まれた様子もないし、事故の知らせもないそうだ」

「じゃあ、どうして連絡が取れないのかしら……」

「あいかわらず電話に出ないんだな？」

「ずっと同じようなメッセージが流れるだけ」

「そうか」

「どこで何をしているのかしら、あの子はまったく……」

　その口調が、竜崎にとって意外だった。

「心配してたんじゃないのか？」

「もちろん、心配よ。でも、警察に捕まったという知らせも、事故の知らせも、大使館に届いていないんでしょう？」

「そうだ」

「そして、警察が犯罪に巻き込まれた様子はないと言ってるのよね」

「ああ」

「だったら、よけいな心配をしても仕方がない。あなたもそう言ってたじゃない」

「それはたしかにそうだが……」

「何か起きる前に、あれこれ心配するのは無駄なことでしょう」

「まったくそのとおりだが、人間はなかなかそう割り切ることができないものだ」

「私だって割り切っているわけじゃない。そう思おうと努力しているのよ」

「俺は、邦彦のことが、魚の小骨のように心の中にずっとひっかかっている」

「私だってそうよ。家に一人でいるとなおさら。だから、こういうふうに考えようと努力しているの。邦彦のことだから、携帯電話を放ったらかしで、どこかでふらふらしてるんだって……」

「あいつはそういうやつなのか？」

「自分の息子のことを知らないの？」

「最近の動向をすべて把握しているわけじゃない」

「小さい頃から、無頓着（むとんちゃく）なのよ」

そこは冴子に似ている。そう思ったが、よけいなことは言わないに限る。

「とにかく、つながるまで電話をかけてみてくれ。また内山さんから何か連絡があったら知らせる」

「わかった。今日も横須賀に泊まり？」

「そうなると思う」

「じゃあ……」

竜崎は電話を切った。

そこに、キジマ特別捜査官がやってきた。潮田がいっしょだ。キジマはまっすぐに竜崎に近づいてくるが、潮田は躊躇（ちゅうちょ）している表情だ。

部長に直接話をすることに抵抗があるのだろう。その点、アメリカ人のキジマはおかまいなしだ。

「堂門が消えたんですって？」

キジマ特別捜査官が言った。竜崎はこたえた。

「ええ。そのようです」

「監視の捜査員は何をしていたんですか」

まるで竜崎を叱責(しっせき)しているような口調だ。

「今さらそんなことを言っても始まりません。今、全力で行方を追っています」

竜崎は、緊急配備のことを話した。

「堂門は、単なる目撃者ではなく、犯人だと考えていいですね？」

「実行犯かどうかはわかりませんが、事件に関与していることは間違いないと思います」

キジマが目を細める。何かを思案している顔だ。

「やはり、複数の犯行だということですね？」

「そう考えています。しかも、かなり組織立った犯行ではないかと……」

キジマの斜め後方にいる潮田も思案顔だった。

キジマが言う。

「堂門は消えたんじゃなくて、消されたんじゃないでしょうね……」

「消された……？　殺されたということですか？」

「アメリカのギャングや、南米の麻薬カルテルの連中なら、そうするでしょうね。堂門は警察と関わりができてしまった。もし、堂門の身柄が警察に拘束されるようなことがあれば、殺害の経緯をしゃべってしまう恐れがあります」

「つまり、口封じということですか？」

「そういうことです。だから、駅や幹線道路を監視するより、遺体を探したほうが早いかもしれない」

竜崎は、潮田に尋ねた。

「あなたはどう思いますか？」

潮田が戸惑いの表情を見せた。まさか、自分が直接話しかけられるとは思っていなかったようだ。

「私の意見ですか？」

「はい」

「もし堂門が下っ端（したっぱ）なら、トカゲの尻尾（しっぽ）切りみたいに消されることも考えられますが……」

「そうではない、と……？」

「会ってみて感じたんですがね。あいつ、下っ端という感じじゃなかった……。もしかしたら、今回の件で中心的な役割を果たしているのかもしれません。それに……」

「それに？」

「日本人を、アメリカのギャングや南米の麻薬カルテルのやつらといっしょにしてほしくないです」

明らかにキジマの発言に対する当てこすりだ。それを聞いてキジマは苦笑を浮かべていた。

なんだ、この二人は案外いいコンビなんじゃないのか。竜崎はそんなことを思っていた。

14

竜崎たちのもとへ、山里管理官がやってきた。彼は、キジマと潮田を交互に見ながら言った。

「ここで何をしているんだ？」

キジマがこたえた。

「何をって、話をしているだけですが」

山里管理官が、むっとした顔でキジマを見据えて言った。

「何ということをするんだ。何か申し上げることがあるなら、私か課長を通してくれ」

つまり、キジマや潮田が直接部長に話しかけるなどもってのほかだと言いたいのだ。署長の頃にはこんな気づかいをされたことはなかったと思う。やはり、部長というのは偉いのだなと、またしても竜崎は思っていた。

竜崎は山里管理官に言った。

「別にかまわない。私も話があったんだ」

山里管理官は、とたんに気をつけの姿勢になった。

「は……」

「堂門の行方はまだわからないんだな？」

「はい。まだ不明です」

「すでに口封じで殺されているんじゃないかと、キジマ特別捜査官が言っている」

山里管理官は、渋い表情でキジマを見てから、再び竜崎に視線を戻して言った。

「その可能性はなきにしもあらずだと、我々も考えております」

竜崎はうなずいた。

「けっこうだ」

キジマが言った。

「我々ＮＣＩＳに、何かできることがあるかもしれません」

竜崎は聞き返した。

「何かできること？　どんなことでしょう？」

「キンキュウハイビというのをやっているということですね。捜査員も堂門の行方を追うことに集中している。だったら、手が足りないでしょう」

「ＮＣＩＳが堂門を捜すのに手を貸してくれるということですか？」

「存在しない刃物を持った白人男性を捜しているよりずっといい」

竜崎はかぶりを振った。

「お気持ちはありがたいが、基地の外で、日本人による犯罪の捜査をお手伝いいただくと、いろいろと問題が生じます」

「実際に、私が日本の警察といっしょに捜査をしているじゃないですか」

「当初は、被疑者がアメリカ軍関係者かもしれないと思っていましたので……」

「その可能性は、ほぼなくなったと考えていいでしょう。ならば、私は引きあげてもいいということですか？」

「はい。けっこうです」

竜崎がそう言うと、山里管理官と潮田が驚いた顔を向けた。

竜崎は、山里管理官に言った。

「何をそんなに驚いているんだ？」

「いえ……。あまりに迷いもなくはっきりとおっしゃるので……」

「被疑者が米軍関係者でないとなると、ＮＣＩＳの協力の必要もなくなる。だったら、キジマ特別捜査官が、この捜査本部にいる理由もなくなる。帰りたいのなら、お帰りいただいて何の問題もない」

　むしろ、捜査本部内に米軍の捜査官がいることのほうが問題なのだ。

　キジマが肩をすくめて言った。

「捜査本部に私がいる理由がない……。そう言われると居づらいですね」

「事実ですから……」

「しかし、まあ……」

「しかし？」

「日本に諺がありましたね。乗りかかった船、でしたっけ。今さら捜査を抜けるのも心残りですね」

「もちろん、残っていただけるというのなら、大歓迎です」

　キジマは笑みを浮かべる。

「ぜひとも堂門を捕まえて、なぜ白人男性を見たなどと嘘を言ったのか、厳しく問いただしたいですね」

「米軍関係者が犯人だと思わせようとしたのは明らかです。それが面白くないということですね」

「ええ。ひじょうに不愉快ですね」

「理由は推理できます。おそらく堂門は、捜査本部の動きを牽制したかったのでしょう。被疑者が米軍関係者となれば、捜査本部もうかつに動くわけにはいかなくなります。それを狙ったのでしょう」

　そのとき、潮田が言った。

「時間稼ぎにしかなりませんよね……」

　竜崎は聞き返した。

「何だって？」

　潮田は、急にかしこまった様子で山里管理官を見た。竜崎と直接話をしていいものかどうか迷っているのだろう。

　山里が言った。

「いいから、ご質問におこたえしろ」

「はい」

　潮田は山里管理官に返事をしてから、竜崎の問いにこたえた。「捜査を攪乱したとしても、いずれは本当のことがわかります。堂門にだって、それくらいのことはわかるはずです」

「警察の能力を過小評価しているのかもしれない」

「だったら、もう捕まっているはずです」

「なるほど……。では、何のために時間稼ぎをしたんだろう」

「それを突きとめなければなりません」

山里管理官が苛立った様子で言った。

「だったらこんなところで油を売ってないで、堂門を捜しに行ったらどうだ」

キジマが言った。

「そうしましょう」

山里管理官が指示する。

「堂門の自宅付近で目撃情報がないか、聞き込みをやっているグループがある。それに合流してくれ」

「了解しました」

そうこたえると、潮田は竜崎に上体を十五度に傾ける敬礼をしてから、出入り口に向かった。それをキジマが追っていく。

山里管理官が竜崎に言った。

「失礼いたしました」

「別に礼を失していることなど、何もない」

そう言うと竜崎は、幹部席に戻った。

板橋課長が竜崎に尋ねた。

「何の話をしていたんです？」

「何の話……？」

「キジマ特別捜査官やシオさんと……」

竜崎は会話の内容をかいつまんで説明した。すると、板橋課長があきれたような顔で言った。

「捜査には口を出さないとおっしゃっていましたよね」

「口を出すつもりはないが、口をつぐむつもりもない」

「キジマは何のつもりでしょうね」

「もともと彼は、我々の動きを監視するために送り込まれたのだろう」

「では、監視を続けるのだと……」

「あるいは……」

「あるいは？」

「この捜査本部が気に入ったのかもしれない」

午後八時を過ぎた。どんな状況でも、食事のことは考えなければならない。捜査のことが気になって食欲はないが、ちゃんと食べておかないと体力がもたない。

幹部のために弁当が用意された。どうやら、管理官席の分もあるようだ。

どうせホテルに帰ってもコンビニ弁当なので、ここで食事ができるのはありがたいと竜崎は思った。

弁当を食べはじめた竜崎に、安孫子署長が言った。

「まだ、捜査本部に残られるのですか?」

「そのつもりです。今帰っても、気になって仕方がありませんから……」

「そうですか」

「私のことは気になさらずに、どうぞ帰宅なさってください」

「いえ、そういうわけには……」

「私にも署長の経験がありますので、よくわかります。捜査本部に張り付いているのはたいへんでしょう」

「はあ……」

「繰り返しますが、私か署長のどちらかが臨席していれば充分だと思います」

「では……」

安孫子署長が言った。「お言葉に甘えて、緊配が解けたら失礼したいと思います」

竜崎は、隣で弁当を食べている板橋課長に尋ねた。

「その後、何か連絡は？」

「ここにいらっしゃるのですから、おわかりでしょう。知らせはありません」

やはり、一言多いなと、竜崎は思った。

「緊配を敷いて一時間だな……。成果は上がると思うか？」

「何もしないよりいいでしょう」

「その程度か。あまり期待していないように聞こえるが……」

「何事も、効果的な場合とそうでない場合があります。緊配は、事件発生直後なら大きな効果が期待できますが、今回の場合は、どうでしょう……。現場から逃走するのと監視を逃れて姿を消すのとは、やはりかなり事情が違います」

それに対して、安孫子署長が言った。

「緊配は無駄だということかね？」

緊急配備を言い出したのは安孫子署長だった。だから、その言葉には不愉快そうな響きがあった。

板橋課長が言った。

「いえ、無駄だと言っているわけではありません。過大な期待はできないということです」

　時間が経ち、捜査の成果が上がらないと、誰もが疲れ、苛立ちはじめる。安孫子署長は、署内の他の事柄も気にかかっているに違いない。

　竜崎は、署長室に並べられる膨大な決裁書類を思い出していた。

　やはり、安孫子署長には帰ってもらったほうがいいと思った。

「緊配は負担が大きい。目立った成果が期待できないのなら、早々に解除したほうがいい」

　竜崎が言うと、安孫子署長がこたえた。

「そうしてもらえると、署としても助かります」

　板橋課長が言った。

「二時間ほどで解除というのは、よくあることです。まあ、通信指令課の判断ですね……」

「じゃあ、私が電話しよう」

「いえ、それは……」

　竜崎は言った。

　板橋課長が言う。「部長から電話が来たら、管理官が驚きますよ」

「別に驚いてもかまわない」

「私が電話しておきます。二時間として、二十一時解除でいいですね？」

「任せる」

板橋課長は食事を続けた。

竜崎は安孫子署長に言った。

「……ということですので、あとは我々に任せてください」

「そうですか？　それでは、申し訳ありませんが、お先に失礼させていただきます」

そう言うと、安孫子署長が席を立った。

板橋課長は食事を中断して立ち上がる。竜崎は、再び弁当を食べはじめた。


午後八時五十分頃、阿久津参事官から電話があった。

「どうした？」

「八島部長と大西渉についての報告です」

「さっきの電話から五時間ほどしか経っていない」

「調べごとは、ぐずぐずしていては意味がありません」

竜崎はまた幹部席を立ち、椅子が置いてある部屋の隅に行った。すでに安孫子署長の姿はなく、幹部席には板橋課長しかいないのだが、話を聞かれたくない。

「何がわかった？」

「スキャンダルのもみ消しです」

「詳しく話してくれ」

「大西渉が、真喜田組という暴力団と関わりがあることがわかりました。大西渉と真喜田組組長の真喜田繁義がいっしょに写った写真がありまして……」

「どんな写真だ」

「婚礼の写真だということです。真喜田繁義の娘の結婚式らしいです」

「大西議員が、真喜田組長の娘の結婚式に出席したということだな？」

「正確に言うと披露宴ですが……」

「それで……？」

「それを報道しようとした者がいたそうです。新聞かテレビか雑誌か……。そこははっきりしませんが……」

「なるほど、それがスキャンダルか……」

「それを八島部長がもみ消したのだという噂があります」

「その噂はどの程度確かなんだ？」

「かなり高い確率だと思いますが、事実がお知りになりたければ、八島部長ご本人に、お話しされてはいかがですか？」

「君は直接話を聞けるか？」

「無理です」

「なら、俺にも無理だ」

「いや、部長なら何とかなるんじゃないでしょうか」

「大西議員と真喜田組長は、かなり親しい仲だということか？」

「真喜田繁義は、大西渉の選挙協力もしているらしいです。もちろん、表には出ていませんが……」

「東京では考えられないが、地方ではそういう例がけっこうあると、誰かが言っていた」

「今はどうかわかりませんが、昔はかなりあった話らしいですね。今の与党は、昔からずいぶん暴力団を利用したそうですから」

六〇年安保の際に、デモ隊を押さえ込むために暴力団を大動員したのは有名な話だ。

「しかし、よくマスコミを押さえられたものだな……」

「八島部長の実力でしょう。搦め手、飴と鞭、ごり押し……。それこそ、手段を選ばないという話も聞きます」

「官僚には必要な能力かもしれない。だが、その実力を正しいことに使ってほしいものだが……」

「実力のある政治家に恩を売ることは、八島部長にとっては正しいことなのだと思います」

「スキャンダルをもみ消すと一言で言うが、なかなかできるものではない」

「同級生の娘の婚礼に出席して何が悪いと、言い張ったそうです」

「同級生……？」

「大西渉と真喜田繁義は、小学校の同級生らしいです」

「なるほど……」

阿久津の話は、伊丹から聞いたこととほぼ一致していた。

竜崎は尋ねた。

「情報源は誰だ？」

「それはちょっと勘弁していただきたいです」

「まさか、警視庁の伊丹部長ではないだろうな」

「は……？　伊丹部長がどうかしましたか？」

「あいつが情報源ではないのだな？」

「違います。なぜ、そのようなことを……」

「同期だからな。何か知っているかもしれないと思っただけだ」

「私が伊丹部長に連絡を取るとお思いですか？」

「いや、思わない。いいんだ。伊丹のことは忘れてくれ」

「今日も横須賀にお泊まりですか？」

「そうなると思う。君はまだ県警本部か？」

「いえ。帰宅しております」

「そうか」

「さらに調べてみます」

「いや、八島のことはもういい」

「まだ、いろいろとありそうですが……。選挙絡みとか……」

「さっき、君も言ったが、これ以上のことが知りたければ、八島本人から話を聞いたほうがよさそうだ」

「無理だとおっしゃいませんでしたか？」

「必要ならばやる」

「それは楽しみですね。では、失礼します」

竜崎は電話を切った。

伊丹が言ったことの裏が取れた形になった。つまり、八島と大西渉のつながりが、そして、大西渉と真喜田組組長の関係が明らかになったということだ。

竜崎が幹部席に戻ると、板橋課長が言った。

「二十一時で緊配を解除したと知らせがありました」

「わかった」

そこに、山里管理官が駆け寄ってきた。

「堂門が乗ったと思われる車のナンバーがヒットしました。彼が使っていた会社の車のナンバーです」

板橋課長が即座に聞き返した。

「Nシステムか。いつ、どこでヒットした？」

「十八時二十七分に、堂門の自宅付近でヒットしました」

「行き先は追えたか？」

「東浦賀二丁目まで追えました。そこでロストです」

「東浦賀二丁目……」

板橋課長は眉(まゆ)をひそめた。「なぜそんなところへ……」

竜崎も同じ疑問を抱いた。

「横浜や東京とは逆方向だな……」

その時、捜査員席で声を上げた者がいた。

「マリーナじゃないでしょうか？」

横須賀署の刑事らしい。

板橋課長が聞き返した。

「マリーナ？」

「ええ。そのあたりに、プレジャーボートを係留する施設があったと思います」

板橋課長と竜崎は顔を見合わせた。竜崎は言った。

「殺害現場が海上かもしれないという話をしたな……」

板橋課長は、山里管理官に言った。

「そのマリーナを当たれ。捜査員を急行させろ」

山里が管理官席に駆け戻っていく。

ようやく手がかりらしい手がかりが見つかった。捜査本部内が、にわかに活気づいた。

15

マリーナを訪ねた捜査員から連絡があったのは、午後九時二十分頃のことだった。

山里管理官が受話器を持って、何事かわめいている。電話を切ると、彼は幹部席に向かって言った。

「マリーナの管理事務所は、午前八時半から午後五時半までで、今は閉まっているそうです。バースへの出入りは、午前七時から午後八時までで、こちらも閉まっています」

板橋課長が言う。

「誰か残っていないのか？　当直とか……」

「誰もいないようです。捜査員は、マリーナの責任者を調べて連絡を取ると言っています」

「その結果がわかったら、すぐに教えてくれ」

「了解です」

竜崎は板橋課長に尋ねた。

「バースというのは、何のことだ？」

「ああ、係留場です」

「船をつないでおくところだな？」

「そうです」

ならば、わかりやすく係留場と言えばいいのに……。竜崎はそう思ったが、それについては黙っていることにした。

「そういうところは、いつでも自由に行けるんじゃないのか？」

「施設によりますね。二十四時間出港、入港がオーケイのマリーナもありますが、時間が決まっているところもけっこうあります」

「船を持っているのか？」

「まさか。警察官の給料で、船を持てるはずがありません」

「それにしちゃ、詳しいな」

「神奈川県警ですからね」

海に面しているのは、東京も同じだ。だが、たしかに板橋課長が言うとおり、神奈川のほうが海との関わりが深いような印象がある。

午後九時半を過ぎた頃、また山里管理官が言った。

「管理事務所の所長がわかりました。連絡を取って、これから捜査員が訪ねるということです」

板橋課長が尋ねる。

「マリーナの近くなのか？」

「はい。自宅も東浦賀のようです」

「では、その報告を待とう」

それからしばらく、捜査員から音沙汰はなかった。

山里管理官は連絡を待って苛立っている様子だが、板橋は落ち着いて見えた。竜崎もまったくあせりを感じていない。

現場の捜査員に近ければ近いほど、苛立ちも募るのだろうと、竜崎は思った。

午後十時になり、ようやく連絡が来た。山里管理官がそれを幹部席に報告する。

「管理事務所の所長に、堂門繁を知らないかと尋ねましたが、その名前に心当たりはないと言っているそうです」

板橋課長が言う。

「ガキの使いじゃないんだ。捜査員に契約者のリストを持ち帰るように言え」

「令状がないと渡せないと言われたそうです」

板橋課長が舌打ちをする。

「令状でも何でも取ってやる」

竜崎は言った。

「捜索差押許可状が出るまで、時間がかかる。その間にも、堂門は逃走を続けているんだ」

「わかっていますよ。しかし、どうしようもないでしょう。相手を脅すわけにもいかないし……」

竜崎は、山里管理官に確認するように言った。

「管理事務所の所長に、堂門繁の名前を言ったけど、知らないと言われたんだね？」

「そうです」

「堂門の会社の名前はどうだ？」

山里管理官が怪訝そうな顔をした。

「会社の名前ですか？」

「そうだ。個人名が記憶に残っていなくても、会社名を覚えていることもある」

「わかりました。会社名について尋ねるように、捜査員に指示します」

板橋課長がぼそりと言った。

「それくらいのことは、現場で考えてほしいな……」

返事はすぐにあった。

「所長は、トリプル販売という会社名を覚えていたそうです。社長が契約しているんだとか……」

板橋課長が言った。

「すぐに、その社長の自宅に、捜査員を向かわせろ」

山里管理官が尋ねた。

「捜査員が到着するのは、たぶん午後十一時過ぎになりますが、訪問してよろしいですか？」

午後十一時過ぎとなると、すでに就寝している人も少なくない。板橋課長が一瞬言葉に詰まった。訪ねていいかどうか迷っているのだ。

竜崎は言った。

「かまわない。寝ていたら起きてもらう」

板橋課長が言った。

「最近は、一般人が平気で警察に苦情を言いますよ。夜中に警察官が訪ねてきたと、動画入りでネットにアップされかねません」

「苦情があったら、俺に回せ」

竜崎は本気だった。どんな苦情も受けてたつつもりだ。

板橋課長が言った。

「部長がクレーム処理ですか？　そりゃ、苦情を言ってくるやつが気の毒だ」

「本当に気の毒な思いをさせてやる」

板橋課長が山里管理官に言った。

「寝てもいいから、訪問しろ。堂門が社長のプレジャーボートを使用している可能性がある。それについて、訊いてみろ」

「わかりました」

電話がつながっていたらしい。山里管理官は受話器を取って、電話の向こうの捜査員に指示をした。

山里管理官が言ったとおり、捜査員が、株式会社トリプル販売の社長宅に到着したのは、午後十一時過ぎのことだった。

幸い、社長はまだ就寝前で、すぐに質問に応じてくれたということだ。

板橋課長が山里管理官に尋ねる。

「社長の名前は？」

「三浦高典。年齢は五十六歳です」

「堂門とマリーナの関係について、何か言っているか？」

「今、捜査員が質問をしている最中だと思います」

竜崎は板橋課長に言った。

「あせらずに待つことだ」

「私はあせってなどいませんよ」

「重要な情報があれば、すぐに知らせてくるだろう」

板橋課長は、「そんなことはわかっている」と言わんばかりに顔をしかめた。そして、山里管理官に尋ねた。

「三浦社長のところに行っているのはどこの捜査員だ？」

「ええと……。捜査一課です」

「誰だ？」

「シオさんと、キジマ特別捜査官……」

板橋課長が目をむいた。

「大切な聞き込みに、アメリカさんを行かせたというのか？」

山里管理官は叱られたと思ったのか、小さな声で言った。

「現場の判断だと思います」

竜崎は板橋課長に言った。

「別に問題はないだろう。キジマは、この捜査本部の一員として、君や管理官の指揮下にいるんだ。本人もそう言っていた」

板橋課長は何もこたえなかった。

その潮田から連絡があったようだ。

報告の内容を、山里が幹部席に向かって告げる。

「三浦社長と堂門は、釣り仲間だったようです。よくいっしょに社長所有のプレジャーボートに乗っていたということです」

板橋課長が質問する。

「じゃあ、堂門がマリーナに行ったのは間違いないな？」

「ええ。彼はボートのキーを持っていたそうです」

「キーを持っていた……？」

「実は、三浦社長は最近、あまりボートを使用していないとかで、堂門が釣りに使いたいというので、鍵を貸しっぱなしにしていたそうです」

板橋課長が竜崎に言った。

「どうやら、逃走にそのボートを使ったようですね」

「ああ。殺害現場も、そのボートの上かもしれない」

板橋課長が山里管理官に言った。

「各港湾施設に手配するんだ。ＡＩＳはどうなんだ？」

「簡易型を積んでいるということですが、停波しているんじゃないかと……」

「それでもいいから、手配しろ。海上交通センターと海上保安本部にも連絡するんだ」

「了解しました」

竜崎は板橋課長に尋ねた。

「ＡＩＳというのは……？」

「船舶自動識別装置のことです。搭載義務があるのは、三百トン以上の国際航行船とか、五百トン以上の国内航行船といった大型の船なんですが、小型船でも、簡易型を搭載する場合があります」

「三浦社長は搭載していたんだね？」

「はい。航行している間、識別信号を出していますのですぐに所在がわかるはずなんですが……」

「何だ？」

「山里管理官が言っていたように、停波している可能性が高いですね」

「停波？　電波を停めているということか？」

「ええ。逃走するなら、当然それくらいの用心はするでしょう。とにかく、各方面に手配します」

「そうだな」

「必ず、網に引っかかるはずです」

「堂門はどこに向かったと思う？」

板橋課長は、虚を衝かれたように竜崎の顔を見た。

「どこに……？」

「何の計画もなく逃げだしたわけじゃないと思う」

「そうですね……。プレジャーボートでは、そう遠くへは行けません。警察の捜索をかわして横須賀から抜け出すことが目的だったのでしょうから、近くの港湾施設にボートを着けて、上陸してさらに逃走を続けるつもりだと思います」

「どうして港湾施設にボートを着けると思うんだ？　岸ならどこでもいいはずだ。人の眼のない海岸から上陸すればいい」

板橋課長はかぶりを振った。

「ゴムボートじゃないんで、適当な岸に着けるなんてことはできませんよ。小さくても機関付きのプレジャーボートが着岸するには、それなりの水深が必要です。船にとって座礁は怖いですからね。何せ、身動き取れなくなるんですから……」

「なるほど、逃走している最中に立ち往生するような危険は避けるはずだな……」

板橋課長は肩をすくめた。

「……だからといって、簡単に見つかるわけではありません。なにせ、小さな漁港なども含めれば、港はたくさんありますす」

「そうだろうな……。さて、問題はどちらに行ったかだ」

「どちらに行ったか？」

「堂門としては、神奈川県警の追跡をかわしたいわけだ。ならば、東京方面に向かうか、静岡方面に向かうか……。熱海あたりに上陸するより、東京方面のほうが近いんじゃないのか？　それなら東京湾内なので航行もしやすいだろう」

「東京方面か静岡方面か……。それは、まだ陸地にとらわれていますね」

「どういうことだ？」

板橋課長は、机上にあるパソコンを操作して、三浦半島の地図を表示した。

「見てください。どこの県が一番近いですか？」

「千葉県か」

なるほど、たしかに板橋課長に言われたとおり、陸地にとらわれていたかもしれない。横須賀がある三浦半島は、浦賀水道を挟んで房総半島と向かい合っているのだ。

「浦賀水道は、ひっきりなしに船が行き交っていますから、横切るのはたいへんですが、やってやれないことはありません。二つの半島に挟まれているので、外洋に比べれば波も比較的穏やかで、小さいボートでも航行できるでしょう」

「千葉の海岸にも港はたくさんあるな……」

「しかし、上陸してからすぐに陸路を移動しようと思うと、近くに鉄道の駅などがあることが望ましいでしょう。そうなると……」

板橋課長が、地図を拡大していった。

竜崎は言った。

「浜金谷か。港の近くに内房線の駅がある」

合理的に考えると、この港ではないか。

いつの間にか、幹部席の前に山里管理官が来ていた。竜崎と板橋課長の会話が聞こえていたのだろう。その山里管理官に、板橋課長が言った。

「千葉県警に連絡だ。堂門がプレジャーボートで浜金谷方面に向かった可能性もある」

「了解しました」

山里管理官がすぐに席に戻り、警電の受話器を取った。

その姿を見ながら、竜崎は言った。

「俺たちの予想が当たるといいんだが……」

「まあ、ダメ元ですよ。可能性があるなら追う。それが捜査ってもんです」

板橋課長はそう言ってから時計を見た。

「もうじき、十一時半ですね。部長はお帰りになったほうがいい」

堂門の足取りが見えてきたような気もするが、改めて考えてみると、何一つ確実な事柄はない。

Nシステムでヒットした、彼が乗ったと思われる車がマリーナの近くで消息を絶った。

そして、トリプル販売社長の三浦が堂門に、そのマリーナに係留していたプレジャーボートのキーを貸していた。

わかっている事実はそれだけなのだ。まだ帰る気にはなれない。

竜崎は、ふと思い出して言った。

「福岡県警に行かせた捜査員はどうなった？」

板橋課長がそのまま同じ質問を山里管理官にした。

山里管理官がこたえた。

「福岡行きを指示したのが、もう午後七時過ぎでしたから、新幹線も飛行機もすでに間に合いませんでした。捜査員は、羽田で待機していて、明日の朝一番の飛行機で向かう予定です」

「……というわけで……」

板橋課長が竜崎に言った。「今日できることはもうありません。ホテルでお休みになってください」

俺を追い出したいわけではないだろうと、竜崎は思った。板橋課長は、彼なりに気をつかってくれているのだ。

ここは彼の言うとおりにすべきだろう。

竜崎は言った。

「では、引きあげるが、君や山里管理官も休む必要がある」

「わかっています。ぶっ倒れないように、ちゃんと休んでおきます」

竜崎は席を立った。

ホテルの部屋に戻ると竜崎は、外務省の内山と連絡を取ってみようかと思った。冴子にも電話したほうがいい。

だが、もうじき日付が変わる。どちらに電話するにも遅すぎる時刻だ。捜査となれば、警察官は時間など気にせず、誰にでも電話をする。

それが習慣になっていると、つい私生活でも時間に無頓着になってしまう。気をつけなければならない。

竜崎は電話を諦めて、寝ることにした。明日も早い。風呂に浸かりたかったが、睡眠時間を優先することにした。明日の朝、シャワーを浴びればいい。

それにしても、と竜崎は思った。

堂門繁は、いったい何者なのだろう。福岡の暴力団との関係がにおう。だが、それも確実なことはわからない。

福岡に行った捜査員が何か手がかりをつかんでくれるかもしれない。いずれにしろ、それも明日以降のことだ。

竜崎は歯を磨き、ベッドに入った。

16

前日と同様で、八時半に捜査本部にやってきた。やはり、安孫子署長の姿はない。彼がいようがいまいが、竜崎はまったく気にしていない。

捜査本部は、板橋課長と山里管理官がいれば回る。つまり、自分もいる必要がないと思っている。

それでも県警本部に引きあげないのは、横須賀で起きた事件と福岡の関わりが、さらに言えば、八島や衆議院議員の大西渉との関わりが気になるからだ。

もし、彼らがこの事件に何らかの関与をしているとしたら、課長や管理官だけでは荷が重い。

「その後、何かわかったか?」

竜崎が尋ねると、板橋課長が言った。

「わかればすぐに知らせてますよ」

デジャヴを感じた。似たようなやり取りが、板橋課長との間であったのだろう。それが、いつだったか思い出せない。

「堂門の行方は？」

「依然として不明です。千葉県警からも知らせはありません」

「浜金谷に誰か行っているのか？」

「捜査員を二名行かせました」

「確認しているだけだぞ」

「は……？」

「捜査に口出ししているわけではないと言ってるんだ」

「わかってます。誰もそんなことは気にしていません」

「じゃあ、ついでに確認するが、福岡のほうはどうなった？」

板橋課長が山里管理官に、「福岡は」と尋ねた。

「捜査員が、朝六時二十分羽田発の便で出発しました。福岡着は八時十五分ですから、もう空港に着いています。福岡県警に着いたら連絡が来るはずです。あ、ちなみに、格安チケットです」

竜崎は言った。

「それは大切な情報だな」

板橋課長がそれに応じる。

「出張費を無駄にはしません。派遣した捜査員は一人だけです」

本来なら二人組で行かせたいところだ。だが、板橋課長が気にしているとおり、予算は決して潤沢ではないのだ。

その捜査員からの情報に期待するしかない。

「ところで……」

竜崎は板橋課長に言った。

「少しは休んだんだろうな」

「ご心配なく。山里管理官と交代で寝ました」

「指揮官が倒れたら、捜査本部は機能しなくなる」

「指揮官は部長ですよ」

「いや。間違いなく捜査一課長が指揮官だ」

板橋課長は肩をすくめた。

「何だか責任を押しつけられているように感じますね」

「責任は俺が取る。それが仕事だ」

キジマと潮田が入室してくるのが見えた。二人は、何事か言い合いながら近づいてくる。

竜崎は彼らに声をかけた。

「昨夜は、トリプル販売の社長のところに行ったそうだな？」

二人は立ち止まった。潮田がその場で気をつけをする。

キジマがこたえた。

「社長からの証言をもとに、マリーナ付近の防犯カメラを調べたそうです」

竜崎は尋ねた。

「それで……？」

「さあ、その結果については、私は聞いていません」

「潮田さんはどうです？」

潮田は、気をつけをしたままこたえた。

「自分も聞いておりません」

竜崎はうなずいてから質問を続けた。

「部屋に入ってくるとき、二人で何を話していたんだ？」

潮田がこたえる。

「特に、ご報告するようなことではありません」

竜崎はキジマを見た。

「千葉県警が、堂門を発見できるかどうか、賭けをしないかと言ったのですが……」

キジマの言葉を遮るように、潮田が言った。

「そういうのは不謹慎だと申していたところです」

竜崎は言った。

「それで言い合いをしていたんですか」

キジマが言う。

「別に不謹慎ではないでしょう。賭けはみんな好きでしょう」

潮田が舌打ちをする。

「いや。不謹慎きわまりない。それにね、賭けはみんな好きだと言うが、私は好きじゃない」

竜崎は、キジマに言った。

「あなたはどちらに賭けますか？」

キジマは即答した。

「見つからないほうに賭けます」

「根拠は？」

「堂門は千葉に逃げたいわけじゃないでしょう。東京に行きたいんじゃないですか？

ならばもう千葉を離れているはずです。ですから、堂門を捕まえるとしたら、千葉県警じゃなくて、警視庁だろうと思います」

潮田が言う。

「千葉県内には成田空港がある。堂門が成田に向かった可能性だってある」

キジマが潮田に言った。

「いや、そっちは遠すぎる。羽田か東京駅から国内のどこかに逃走するんだと思う」

竜崎は言った。

「じゃあ、俺は千葉県警が堂門を見つけるほうに賭けようか」

キジマが竜崎を見て笑みを浮かべた。

「じゃあ、千円賭けましょう」

竜崎の隣で、板橋課長があきれたように言った。

「賭博の現行犯で挙げますよ」

キジマが肩をすくめ、歩き去る。潮田が竜崎に礼をしてから、キジマのあとを追った。

板橋課長が言った。

「本気だったんですか？」

「何が？　賭けか？」

「千葉県警が堂門を見つけるほうに賭けるとおっしゃいましたよね。本気でそうお考えなのかとうかがっているのです」

「そうしないと、賭けが成立しないだろう」

「じゃあ、キジマ特別捜査官同様に、堂門はもう東京に入っていると見ているわけですね」

「そうだな……。だが、そうじゃないほうに賭けるのが、賭けの醍醐味だろう」

そのとき、山里管理官の声が聞こえた。

「捜査員が福岡県警に到着しました。これから、被害者の三竹や堂門について話を聞くそうです」

竜崎は板橋課長に言った。

「何かわかるといいがな」

「きっと、わかると思います」

竜崎はその口調が気になった。

「気づいたことでもあるのか？」

「え……？」

「何か知っているような口調だと思ったもんでな」

「知っているわけじゃありません。ですが……」

「何だ？」

「殺された三竹は、運送会社の社員でしたね」

「ああ、そうだったな」

「そして、その運送会社はフロント企業の疑いがあって、福岡県警が内偵を進めているということでした」

「それで？」

「運送業と聞いて、ぴんときませんか？」

「いや」

「薬物です」

「薬物……」

「薬物の密売には重要な要素がいくつかあります。供給源の確保、販売ルートの構築などですが、その一つが輸送なんです。供給源から販売ルートに、いかに安全にブツを運べるかが重要なんです」

「それで輸送業か……」

「南米やアメリカのカルテルでは、正規の輸送会社を取り込んでいる例が少なくないと聞きます」

「そういう話は、俺も聞いたことがある」

「福岡、横須賀間にフェリーが開通したことで、新たな薬物販売のルートが作られようとしているのかもしれません」

「三竹が勤めていた運送会社がそれに一役買っているということだろうか……」

「福岡には、大陸や半島からヘロインなどの薬物が入って来ます。そして、横須賀には需要があります。もう過去の話だと思っていましたが、米軍基地での薬物使用が問題になったことがありました。潜在的需要が常にあると考えるべきでしょう。さらに、横須賀の先には横浜や東京があります」

「しかし、薬物密売には縄張りがあるんじゃないのか？」

「密売をやっている暴力団などは、常に供給源を求めています。ブツが手に入ればそれだけ売り上げが出る。だから、供給する側にそれほどの苦労はないはずです」

「薬物密売絡みだとして……」

竜崎は考えを巡らせた。「三竹はなぜ殺されたんだ？　そして、堂門はどんな役割を担（にな）っていたんだ？」

「それはまだわかりません。ですが、薬物の線はありだと思うんですが……」

竜崎はうなずいた。

「納得できる話だ。それを、福岡に派遣した捜査員に伝えてくれ」

「わかりました」

板橋課長は、その捜査員と連絡を取るように山里管理官に指示した。電話がつながると、受話器を取って直接話をした。

それを聞きながら、竜崎は考えた。

なるほど、薬物密売か……。需要を喚起する必要がない特定の品物の販売については、歴史的に為政者が独占してきた。

塩、酒、煙草（たばこ）……。

需要が絶えることがないという意味では、麻薬や覚醒剤（かくせいざい）といった薬物も同様だ。供給と需要のバランスが極端に偏（かたよ）っているのが、こうした商売の特徴だ。

板橋課長が言ったように、現物さえあればいくらでも売れるのだ。だから密売人たちは必死になる。そして、そこには巨大な権益が発生し、それを守るために犯罪と暴力がはびこることになる。

産業があまりない貧しい土地に薬物密売が入り込むと瞬（また）く間にすべてが侵食されて

いく。経済だけでなく、司法機関や政府までが呑み込まれる。それが今の中南米の姿だ。

巨大な薬物密売組織に支配された国は、再起不能だと竜崎は考えている。冷淡な考えかもしれないが、それが実情だ。麻薬戦争などと言われているが、司法も行政も支配下に置いている密売組織に、誰が何をできるというのだろう。

それらの国の人々は、否応なく組織と関わり、そして、些細なことで殺されていく。

警察官としては、とても残念で悔しいことだが、そうした国々はもうどうすることもできないのではないかと思う。選挙によって政治システムを作り上げる国と同様に、それらの国は暴力と殺戮と金によって政治システムを構築するのだ。自国だけでなく、供給源として他国にも危害を及ぼすのだから、関わらないようにするしかない。

中南米の薬物密売組織の連中の残忍さは、日本人の想像をはるかに超えている。彼らはすでに生きながら地獄にいる。

竜崎は、日本を決してそういう国にしてはならないと思う。

だが、日本においても、薬物密売は決してなくなることはない。日常の陰に、じわじわと浸透していく。

そして、それは殺人をはじめとする二次的な犯罪を生む。薬物を買う金欲しさの犯罪、売買のトラブルによる犯罪。利権を奪い合っての犯罪……。

薬物絡みと聞いて、「ああ、またか」と、多くの人が思うのは、それだけ発生件数が多いからだ。薬物売買の周辺に、関連する犯罪が波紋のように広がっていくからだ。

この件もそういうことなのだろうか。

もしかして、八島は何かを知っているのかもしれない。

彼は福岡県警にいた。そして、福岡選出の大西渉と親交が深いらしい。その大西は、福岡の暴力団組長と関わりがある。

竜崎は、そこまでで考えるのをやめた。八島が事件に関わっているという確証は何もないのだ。

本人から話を聞くのは一番の近道だが、万が一犯罪に関わっている場合、素直に話すとは思えない。彼を正直にさせるための情報が必要だった。

午前九時半頃、阿久津から電話があった。竜崎は幹部席を離れ、今や電話をかけるときの指定席となっている、椅子が置かれている部屋の隅にやってきた。

「どうした?」

「今日も横須賀かどうか、確認させていただきたいと思いまして」

「そのつもりだ。そっちはどうだ？」

「変わりありません」

「県警本部が変わりないとは思えないな」

「いつもどおり、いろいろな事件が起きているという意味です」

「昨日、堂門が姿を消した。勤務先の社長のプレジャーボートで横須賀のマリーナを出て、海路で逃走したらしい」

「堂門……？」

「遺体の発見現場から逃走する白人を見たと証言していた男だ」

「それが逃走……。つまり、単なる目撃者ではなく、事件に関与している疑いがあるということですね」

「今、千葉県警に協力をあおいで行方を追っている」

「その件については、警視庁にも協力要請すべきですね。電話はされましたか？」

「いや、警視庁にはしていない」

「私が電話するより、部長がされたほうが話が早いでしょう」

彼は伊丹のことを言っているのだ。

「わかった。電話しておく。それから、福岡に捜査員を派遣した。どうやら、この事件は福岡と関わりがありそうだ」

「了解しました。そうそう、福岡と言えば……」

もったいぶっているような口調だ。

「何だ？」

「八島部長ですが、五月六日金曜日に、大西渉と会食をしたようです」

竜崎は眉をひそめた。

「五月六日……。たしか、八島が神奈川県警に着任したのが、五月十日火曜日だったな」

「はい」

「彼は、着任の申告をする前に、大西渉と会っていたというのか」

「そういうことですね」

「それは真っ先に言うべき事柄じゃないのか」

「そうですか？　福岡時代の思い出話に花を咲かせていただけかもしれませんよ」

「本当はそう思っていないはずだ」

「そんなことはありません」

こいつ、面白がってるな。竜崎はそう思った。

「他に何か？」

「いえ。ありません」

「では、警視庁に電話してみる」

竜崎は電話を切り、すぐに伊丹にかけた。

「おう、八島はどうしてる？」

こいつも面白がっている。

「俺はまだ横須賀にいる。事件のことで連絡したんだ」

そして、竜崎は堂門について説明した。話を聞き終えると、伊丹が言った。

「プレジャーボートで千葉に逃走？　そいつはちょっと無理じゃないのか？」

「無理かどうか、俺にはわからん。とにかく、その可能性もあるという話だ」

「わかった。顔写真を送ってくれ。手配するが、逮捕令状はあるんだろうな？」

「いや。令状はまだだ」

「なにをぐずぐずしてるんだ。堂門がホシかもしれないんだろう？」

「物証が何もない。裁判所が令状を出すかどうか……」

「出すよ。課長に申請させろ。令状が出てないんじゃ、こっちだって手配のしようがない」

「千葉県警は協力してくれている」

「そんなことは俺の知ったこっちゃない。堂門を見つけたはいいが、任意でしか引っ張れないとなれば、捜査員の士気も落ちる。同行を拒否されたらそれまでだ」

「八島が絡んでいるかもしれない」

「え……」

伊丹はしばし絶句した。「なんだそれ。どういうことだ？」

「この事案は、どうも福岡と関係があるらしい」

「福岡……」

「今、捜査員をそっちに派遣している」

「八島がどう絡んでいるんだ？」

「まだわからないが、八島は着任前に、大西渉と会っている。そして、その三日後に、横須賀で殺人事件が起きた。殺されたのは、福岡の運送会社の従業員だ」

伊丹はしばらく無言だった。何事か考えているのだろう。

やがて、彼は言った。

「そういうことなら、俺も気合いが入る。わかった。堂門の発見に協力しよう」

伊丹にやる気を出させるために八島の名前を出したのだが、うまくいったようだ。

「じゃあ、よろしく頼む」

「令状を早く取れ」

竜崎は電話を切り、幹部席に戻った。そして、板橋課長に言った。

「警視庁の伊丹部長が、堂門の逮捕令状を取れと言っている」

「やつが殺人の実行犯かどうかわからないんです。罪状は何です？」

「殺人への関与は明らかだ。彼が殺した可能性だって否定できない」

「証拠がないんじゃ、裁判所は納得しませんよ」

「じゃあ、建造物侵入罪と窃盗だ」

「何です、そりゃあ……」

「マリーナの係留場が閉まっている時刻に侵入した。そして、社長のボートを盗んだ」

「社長は、ボートの鍵を堂門に貸していたんですよ」

「それは釣りのためであって、警察の追跡をかわすためじゃない」

「わかりました。とにかく、申請はしてみます」

竜崎はうなずいた。

「俺は、県警本部長に報告しておく」

竜崎は、警電の受話器を取り、県警本部の総務部総務課にかけた。石田総務課長が出たので、佐藤本部長に報告したいと言った。

「あ、竜崎部長？　どうなったの、そっち」

竜崎は、堂門のことを説明し、令状を申請する旨を報告した。また、捜査員を福岡県警に派遣したことも伝えた。

「福岡？　なんだ、八島部長があっちから来たばかりじゃないか。彼に便宜を図ってもらおうか？」

「いえ、それには及びません」

「どうしてだ？　彼はいろいろと人脈を持っているかもしれないよ」

「向こうで嫌われていた恐れもあるでしょう」

佐藤本部長は声を上げて笑った。

「あり得るね」

そのとき、管理官席で声が上がった。

「千葉県警が、堂門の映像を見つけました。浜金谷駅の防犯カメラです」

竜崎は、電話の向こうの佐藤本部長に言った。

「動きがあったようです。また連絡します」

「ああ、わかった」

電話が切れたので、竜崎は受話器を戻した。

板橋課長が竜崎に言った。

「賭けてりゃ、勝ちでしたね」

「JR内房線だ」

山里管理官の声が響く。「堂門の足取りを追え」

17

山里管理官に続いて、板橋課長が言った。

「ボートを押さえろ。港にあるはずだ。捜査員を浜金谷に送れ」

それから、板橋課長は竜崎の顔を見て確認する。「よろしいですね？」

竜崎はうなずいた。

「任せる」

板橋課長の言葉を受けて、山里管理官が指示を飛ばす。

「車両で動ける者を急行させろ」

竜崎は板橋課長に尋ねた。

「車でどれくらいかかる？」

「川崎まで行って、アクアラインを通ることになりますね。浜金谷までだと、緊急走行しても二時間はかかるでしょう」

そのとき、キジマの声がした。

「ヘリコプターを飛ばせばいいじゃないですか。浦賀水道の向こうでしょう？　ヘリコプターなら十分もかからない」

彼は、いつの間にか、再び幹部席に近づいてきていた。状況が動いたと見て、情報が集まる幹部席のそばにいたのだろう。

潮田がいっしょだった。幹部に失礼がないようにと、キジマのお目付役を買って出ているのだ。

竜崎は板橋課長に、キジマが言ったことについて尋ねた。

「どうなんだ？」

「県警航空隊のヘリは、二十四時間態勢で待機しています」

「じゃあ、すぐに飛ばせばいい」

「ところが、そう簡単にはいきません。八景島の近くのヘリポートまで行かなくてはなりませんから……」

「それでも、車でアクアラインを通るよりずっと早い」

「問題は着陸地点です。ヘリはどこにでも下りられるというものではありません。通常は、ヘリポートにしか下りられません。千葉だと、成田空港ということになります」

「横浜まで行って、成田まで飛んで、そこからまた浜金谷まで移動ということか……」

するとキジマが言った。

「緊急時なら、どこにでも下りられるはずです」

板橋課長はかぶりを振った。

「日本の航空法では、火災や大事故などの特別な場合でないと、ヘリポート以外でのヘリの発着は許可されない」

「警察のヘリでも？」

「通常の捜査は、緊急時とは見なされない」

キジマは、あきれたようにかぶりを振った。

「軍のヘリなら、どこにでも下りますよ。ナンなら、飛ばすように基地に頼んでみますか？」

正直に言うと、竜崎は心が動いた。米軍基地は目と鼻の先だ。そこから浜金谷の近くまで飛んでもらえれば、あっという間に到着だ。

「とんでもない」

その声に、竜崎は振り向いた。

安孫子署長が出入り口から幹部席に近づいてくるところだった。キジマの話が聞こえたようだ。

捜査員たちが起立する。

安孫子署長が竜崎の横に来ると、立ったまま言った。

「米軍のヘリを使うなど、もってのほかです。マスコミがその事実を知ったらどういうことになるか……」

竜崎は言った。

「わかっています。米軍に依頼するつもりはありません」

それを聞いたキジマが言う。

「使えるものは何でも使えばいいじゃないですか。ヘリがだめなら、船はどうです？軍用艇なら、あっという間に着きますよ」

安孫子署長が厳しい表情でキジマを見つめた。彼が何か発言する前に、竜崎は言った。

「とにかく、座ってください。まだ、起立したままの捜査員もいます」

安孫子署長は、捜査員席のほうを一瞥（いちべつ）してから腰を下ろした。

竜崎はキジマに言った。

「船も同じことです。米軍の手を借りるわけにはいきません」

本当は、使ってもいいじゃないかと思っていた。キジマが言ったように、使えるものは何でも使えばいい。

だが、横須賀署の立場になると、そうもいかない。部長ともなれば、いろいろ考えなければならない。

公務員は出世すべきだと、竜崎は考えている。出世すればそれだけ、権限が増える。つまり、やれることが多くなるわけだ。

同時に、しがらみも増えるものだな……。

それが実感だった。

しがらみなどどうでもいいと、言うのは簡単だ。だが、そういうものを無視した結果、余計に面倒なことが起きるものだ。それに対処するエネルギーは、どう考えても無駄だ。

キジマが肩をすくめるのを見ながら、竜崎は板橋課長に尋ねた。

「県警の船艇は使えないか？」

板橋課長の眼に力が入る。

「水上署に連絡してみます」

「水上署は、横浜の海岸通一丁目だったな。そこまで車を飛ばせば……」

板橋課長がうなずく。

「その間に、向こうは出港準備ができます」

板橋課長はすでに警電の受話器に手を伸ばしていた。

山里が管理官席から板橋課長の様子をじっとうかがっている。他の者たちも、同様に電話の結果を待っていた。

電話を切ると、板橋課長が竜崎に言った。

「新鋭艇の『はやかぜ』を用意してくれるということです」

「『はやかぜ』……？」

「十四メートル級、十トンの船で、定員は乗員二名を含めて十四人。つまり、捜査員を十二人乗せられます」

竜崎はぽかんとしてしまった。

「神奈川県警の人間は、皆そんなに船に詳しいのか？」

板橋課長は、それにこたえず、山里管理官に命じた。

「行けるだけの捜査員を送り込め」

「それでも、せいぜい五、六人というところですが……」

キジマが言った。

「私たちも行きましょう」

潮田がキジマに言う。

「おい、捜査員は勝手なことを言っちゃいけない。上からの指示を待っていればいいんだ」

板橋課長が言った。

「シオさん。行ってくれ。猫の手でも借りたいんだ」

キジマがにっと笑った。

「ＮＣＩＳは、猫よりは多少ましなはずです」

潮田がキジマに言った。

「行こう。横浜の水上署だ」

山里管理官が、浜金谷行きの捜査員を指名した。それを聞いて、板橋課長が言った。

「シオさんとキジマ特別捜査官を入れて、総勢七人ですね……」

「堂門の足取りを追い、ボートを捜索するとなると、手が足りないな。千葉県警の応援が必要だ」

「ボートを見つけたら、すぐに鑑識作業をやってほしいですね」

「わかった。電話しよう」

竜崎は、警電の受話器を取った。交換手を通じて、千葉県警の刑事部長にかけてもらう。

電話がつながった。

「はい、刑事総務課」

「刑事部長と話がしたい」

「失礼ですが……」

「神奈川県警刑事部の竜崎だ」

「竜崎……」

こちらの身分を調べているのか、しばらく待たされた。「あ、刑事部長ですね。少々お待ちください」

すぐに電話がつながった。

「あ、竜崎部長？ 笠井(かさい)です」

たしか、千葉県警の刑事部長の名は笠井武彦(たけひこ)。会ったことはないが、名前は知っていた。年齢は五十三歳で竜崎より上だが、階級は一つ下の警視正だったはずだ。キャリアではなく、いわゆる推薦組だ。地方(じかた)だが、県警の推薦により警察庁に途中採用されたのだ。

「プレジャーボートで、浜金谷に逃走した被疑者については、お聞き及びのことと思いますが……」

「ああ、聞いています。うちの者が、JRの駅の防犯カメラで、当該人物を見つけたということですが……」

「今、警備艇で捜査員をそちらに送る手筈を整えています」

「ああ。わざわざ仁義を通してくれたわけですか。それは、どうも……」

「捜査員の数は七名。手が足りないので、応援をお願いしたいのです」

「応援……。具体的には、どのようなことを……」

「うちの捜査員は、逃走した被疑者の足取りを追うことを最優先とします」

「当然でしょうな」

「同時に、被疑者が逃走に使用したボートを押さえたいのです。そのボートで殺人が行われた疑いがあるのです」

「そのボートはどこにあるのです？」

「浜金谷の港にあると、我々は考えています」

「金谷に駐在所があるので、連絡しましょう」

駐在だけではとても手が足りない。

「申し訳ありませんが、連絡は駐在所にではなく警察署にお願いできませんか？」

「……となると、富津(ふっつ)警察署ということになりますね。まあ、八十人くらいの署ですが、なんとか人員を割けるでしょう」

「感謝します」

「いやあ、有名な竜崎さんの頼みですから……。じゃあ、富津署から連絡させます」

「私は、有名なんですか？」

「え……？」

「今、そうおっしゃいました」

「そりゃ、みんな知ってますよ。警察庁長官官房の総務課長から、所轄(しょかつ)の署長に異動になったんでしょう。そこから、刑事部長に返り咲かれたんです」

幹部の連中は、そういう話が大好きだ。出世コースから外れた者の噂話(うわさばなし)だ。

竜崎は言った。

「では、連絡を待っています」

竜崎が電話を切ると、山里管理官の声が聞こえてきた。

「捜査員が、水上署に向けて出発しました。三十五分後に到着の予定です」

板橋課長が補足して言う。

「横浜から浜金谷まで、警備艇で飛ばせば三十分以内に着きますから、車で移動するより一時間ほど早く着きます」

竜崎は時計を見た。

「十時十分か。向こうに着くのは、早くて十一時十分頃ということだな」

板橋課長がうなずく。

「遅くとも十一時半には着くでしょう」

「富津署から連絡が来るはずだから、それを伝えておいてくれ」

「了解しました」

山里管理官が幹部席に近づいてきた。

板橋課長が尋ねた。

「どうした？」

「堂門ですが、すでに新幹線か飛行機で移動しているんじゃないでしょうか……」

竜崎はこたえた。

「それは充分にあり得ることだが、だからといって追跡を諦めるわけにはいかない」

「それは、そうなのですが……」

板橋課長が山里管理官に言った。

「堂門が駅の防犯カメラで確認された時刻は？」

　山里管理官がこたえた。

「二十時十三分頃だそうです」

　板橋課長が大声で言った。

「おい、誰か内房線の時刻表を調べろ。浜金谷駅からの上り列車だ」

　すぐに捜査員の一人がノートパソコンを手に駆け寄ってきた。

　その画面を見た板橋課長が言った。

「だいたい、一時間に一本といったところか……。二十時台だと二十時十四分。その後は、二十一時二十分か……」

　山里管理官がパソコンを持ってきた捜査員に尋ねた。

「二十時十四分の列車に乗れたとして、東京に着くのは何時だ？」

　捜査員は、パソコンではなくスマートフォンを操作した。乗り換え案内のアプリを使っているのだろうと、竜崎は思った。

「ええと、上り列車は木更津止まりですね。浜金谷を二十時十四分に出て、君津で乗り換えます。君津着が二十時四十九分。君津始発の列車が二十時五十六分に出て……」

山里管理官が捜査員に言った。

「細かいことはいい。到着時間が知りたいんだ」

「すいません。君津と蘇我で乗り換えて、東京着が二十二時二十五分です」

「十時二十五分か……」

板橋課長がつぶやくように言ってから、捜査員に尋ねた。「浜金谷発二十一時二十分の列車だとどうだ？」

捜査員がスマートフォンを見ながらこたえる。

「その列車はやはり木更津止まりになりますね。君津と千葉で乗り換えて、東京着は二十三時四十一分です」

板橋課長はうなずいてから、竜崎に言った。

「いずれにしても、その時刻に新幹線や飛行機に乗るのは無理ですね」

「東京で一泊して、今日になって移動するだろうということだな」

山里管理官が、渋い顔で言う。

「昨日のうちに東京入りしていたら、この時刻には、やはりすでにどこかに移動しているのではないでしょうか」

だからといって、追うのをやめるわけにはいかないのだ。竜崎は同じことを二度言いたくないので、山里管理官の言葉にこたえるのはやめておいた。

「警視庁に、再度電話しよう。堂門が乗った可能性がある列車の時刻のメモをくれ」

捜査員がスマートフォンを片手にメモを作りはじめた。

竜崎は携帯電話で伊丹にかけた。捜査に関することなので、席は立たなかった。

「竜崎か。どうした？」

「堂門は、昨日のうちに東京に入っている可能性がある」

「令状は取ったのか？」

「今、申請している」

そのはずだった。確認していないが、板橋課長に任せておけば間違いはないはずだ。

「堂門が殺人の被疑者ということでいいんだな？」

「それはまだわからない。だが、殺人に関与しているのは明らかだ」

「そういう場合は、殺人の被疑者でいいんだよ」

「そうはいかない」

「身柄確保してから考えればいい」

「誤認逮捕になりかねない。そうなれば起訴できなくなる」

「頭固いなあ。それで、昨日のうちに東京に着いているというのは確かなのか？」

「それもまだ確認されていない。だが、その可能性が高い。堂門が姿を消した時刻から推測して、内房線の浜金谷駅から、二十時十四分発か二十一時二十分発の列車に乗ることが可能だ」

捜査員が作ったメモを受け取り、それぞれの列車が、東京駅に到着する時間を伊丹に告げた。

「堂門は東京に来てからどうするつもりだろうな……」

「いくつかの可能性があると思う。まず、第一は、福岡に向かうことだ」

「なるほど……。その他に考えられることは？」

「東京の知り合いを頼って、潜伏するか……」

「その東京の知り合いの目星は？」

「まったくない」

「おい、そんなんで俺に丸投げしようってのか？」

「今、うちの捜査員七名が浜金谷港に向かっている。そこから、堂門の足取りを追う。結果的に、うちの捜査員も東京に行くことになるだろう」

「福岡に捜査員を送っているんだったな。何かわかったか？」

「福岡県警に到着したという連絡があっただけだ」

「八島には話を聞いたのか？」

「いや……」

「そいつが一番手っ取り早いんじゃないのか。あいつが何か知っているかもしれないんだろう？」

「何か知ってるかどうかは、まだわからない」

「福岡選出の国会議員や地元の暴力団と組んで、八島が悪事を働いているかもしれない」

「どうしてそういうことを、嬉しそうに言うんだ？」

「嬉しそうだって？　そんなつもりはない。ただ、その可能性だってあるだろう。状元が脱落すれば、俺たちだって、長官や総監が夢じゃなくなる」

「本気で言ってるのか？」

「もちろん冗談だ」

「堂門を見つけてくれるよう、期待している」

「それなりの態勢を組ませるよ。そっちの捜査員が東京に入ったら連絡をくれ」

「わかった」

竜崎は電話を切った。

板橋課長が電話を受けていた。受話器を置くと、彼は言った。

「富津署からです。港を捜索しているということです。『はやかぜ』でこちらの捜査員が向かっていることを知らせました。港で落ち合おうということでした」

「富津署からはどれくらいの人数が出ているんだ？」

「捜査員二名に、地域課が四名だそうです」

「六人か……。文句は言えないな」

「よその事案ですからね」

板橋課長が言う。「御の字でしょう」

「こっちの捜査員が浜金谷に着いたら、どう振り分ける？」

竜崎が問うと、板橋課長は即座にこたえた。

「三人を浜金谷に残して、富津署の連中といっしょにボートを探させましょう。四人に堂門の足取りを追わせます」

竜崎はうなずいた。

「わかった。それを捜査員たちに伝えてくれ」

「了解しました。『はやかぜ』に無線で知らせましょう」

「捜査員に電話はできないのか？」

「海にいる間は、電話がつながりにくいんです」

「わかった」

まだ海のこととなると、ぴんとこない。早く神奈川県警に慣れなければ……。竜崎はそう思った。

18

板橋課長の読み通り、十一時十分頃、『はやかぜ』が浜金谷港に着いたという知らせがあった。

港で、富津署の係員たちと合流したという。板橋課長が言ったとおり、神奈川県警の捜査員のうち、四人がJR浜金谷駅に向かい、三人が富津署の係員たちとともにプレジャーボートの捜索を開始した。

あとは、知らせを待つしかない。

福岡からもまだ報告がない。

高揚していた捜査本部の雰囲気が、すとんと沈静化する。この独特の雰囲気を、竜崎はこれまで何度も経験していた。

停滞がいつまで続くかわからない。こんなとき、妙な疲労感を覚える。それまで意識していなかったストレスが不意に表面化するのだ。

捜査に集中していたはずだが、この奇妙なエアポケットのような時間帯の中で、竜崎の思考がふらふらと漂いはじめていた。

竜崎の頭の中にふと、外務省の内山のことが浮かんだ。

そういえば、しばらく連絡がない。どうしたのだろう。

多忙だから、もう邦彦のことにかまっていられなくなったのだろうか。

あるいは、地元の警察まで動かしたが、事件が起きた様子はなかったので、一段落と考えたのかもしれない。

内山の善意にすがっているのだから、文句は言えない。

冴子も美紀も何も言ってこない。

知らせがないというのは、異常事態が確認されていないということだ。それはいいことなのだと、竜崎は自分に言い聞かせることにした。

本来ならば、希望的観測などせずに、知るべきことを徹底的に知ろうと努めるだろう。だが、今は捜査が優先だ。

十一時四十分頃、電話が鳴り、山里管理官がそれを受けた。

山里管理官が、席から報告する。

「浜金谷港では、ボートは発見できなかったということです」

板橋課長がつぶやく。

「だめか……」

山里管理官がさらに言う。

「引き続き、捜索すると言っています」

それに対して板橋課長が言う。

「捜索するって……。港の捜索はもう終わったってことだろう」

山里管理官が困ったような顔をして言った。

「どうなんでしょう。現場の捜査員はそう言ってましたが……」

板橋課長が、かすかにうなった。

竜崎は言った。

「とにかく、待つしかない」

板橋課長が、無言でうなずいた。

それから約二十分後の、十二時頃、再び浜金谷にいる捜査員から連絡があった。

山里管理官の声が響いた。

「ボートを発見しました」

板橋課長が尋ねた。

「浜金谷港にはなかったんだろう？　どういうことだ？」

「捜索をしていたメンバーの中に、金谷の駐在さんがいたそうです。彼が、浜金谷港のそばに、金谷漁港があると言ったんだそうです。その金谷漁港を捜索したところ……」

「ボートを見つけたということか？」

「はい」

「すぐに鑑識作業をするように言ってくれ。殺人の証拠が出れば、申請中の令状を殺人容疑に切り替えられる」

「了解しました」

竜崎は尋ねた。

「鑑識作業は、富津署でやるのか？」

「現場の判断でしょう。うちの捜査員も、鑑識の心得はあるはずです。もっとも、本格的な鑑識は、ボートをこっちに運んできてからになるでしょうが……」

竜崎はうなずいた。簡易の鑑識作業でも重要犯罪の痕跡を発見できることもある。

ボート発見の報告が、沈滞ムードを吹き払い、捜査本部に再び活気を呼び戻した。

板橋課長が大声で言った。

「さあ、昼飯だ。みんな、今のうちに腹ごしらえをしておけ」

「ルミノール反応が出た？」

竜崎は、山里管理官の報告に、思わず聞き返していた。それは十二時半頃のことだった。「それは、殺人の証拠と考えていいのか？」

山里管理官はまたしても、困ったような表情をしている。どうしてそんな顔をするのだろうと、竜崎が思っていると、板橋課長が言った。

「釣り用のボートですからね。当然ルミノール反応は出るでしょう」

そうか、と竜崎は思った。

「魚の血か……」

板橋はその言葉にうなずくと、山里管理官に尋ねた。

「どこが鑑識作業をやったんだ？」

「富津署でやってくれたということですが……」

「おおかた、金谷の駐在さんが簡単な鑑識をやっただけだろう。やはり、ボートを持ち帰って、こちらで本格的な鑑識作業をやらないと……」

「微物鑑定やＤＮＡ鑑定だな？」

竜崎は言った。「しかし、それには時間がかかる。何か殺人の証拠を見つける方法はないものかな……」

「部長の出番じゃないですか」

「俺に鑑識の技術などない」

「向こうの幹部に電話していただきたいということです。詳しく調べてもらえないか、と……」

「わかった」

竜崎は警電で、再び千葉県警の笠井刑事部長に連絡した。

「ああ、どうしました？」

「ご協力いただいたおかげで、被疑者が逃走に使用したボートを見つけることができました」

「ああ、それはよかった」

「そのボートの詳しい鑑識をお願いできないかと思いまして……」

「え……。そういうことは、そちらでやられるものと思っていましたが……」

「急を要しておりますので、お願いできませんか」

「やってもいいが、そちらが満足できる結果になるかどうか、お約束できませんよ」

「鑑識に自信がないということじゃないでしょうね」

県警によって捜査能力に差があるという者もいる。だが、竜崎はそうは思っていない。そのために、キャリアがいろいろな土地に赴任するのだ。

日本の警察の能力はかなり平準化していて、全体としてのレベルは高いと、竜崎は思っている。

笠井部長が言った。

「能力の問題じゃなくて、捜査員のやる気の問題です。ご存じのとおり、どこの鑑識もいっぱいいっぱいです。自分たちの事案じゃないとなると当然、力も入りません」

「どこの鑑識もプロの力を発揮してくれると信じています」

「そちらの鑑識を送ってはどうです？」

竜崎はその提案について、頭の中で検討してみた。

「こちらから鑑識が出向き、採集した物品を持ち帰っていては、時間がかかりすぎます。繰り返しますが、急を要しているのです」

ほんのわずかの間があった。笠井部長が言う。

「わかりました。では、係員の尻を叩きましょう」

「感謝します」

「竜崎さんに恩を売っておけば、いいことがあるかもしれません」

「それは、約束しかねますが……」

笠井部長は笑いながら電話を切った。

受話器を置くと、竜崎は板橋課長に言った。

「千葉県警で鑑識を出してくれるそうだ」

「何よりです」

そっけない口調だが、いつものことなので、竜崎は気にしなかった。

山里管理官の報告が聞こえる。

「浜金谷駅に向かった捜査員たちが、列車で移動しました。東京に向かうそうです」

「東京着は何時だ？」

竜崎は言った。「警視庁の捜査員と合流できるようにする」

山里管理官が言った。

「捜査員たちは、浜金谷十二時十三分発の列車に乗ったようです。蘇我で乗り換え、東京には十四時十七分着の予定です」

「わかった」

「それは、わざわざ部長が連絡されるほどのことではありません」

板橋課長が言った。「私が警視庁の捜査一課長と連絡を取ります」

「千葉県警のときと言っていることが違うな」

「ケースバイケースです。部長でなければできないこともあります」

「なるほど……。では、任せる」

捜査に口出しをしないと言いながら、ずいぶんと関わってしまっているという自覚があった。現場のことはなるべく板橋課長や山里管理官に任せるべきだと、竜崎は改めて思っていた。


午後二時近くになって、福岡に行っている捜査員から連絡があった。その内容を、山里管理官が報告した。

「殺害された三竹宗佑が勤務していた会社は、どうやら福岡の暴力団、真喜田組と関係があることがわかりました」

「真喜田組……」

竜崎は、思わずつぶやいていた。その名前は、伊丹から聞いていた。大西渉が真喜田組の組長と親交があるという話だった。

山里管理官の話が続いた。

「三竹が働いていたのは、福智（ふくち）運送株式会社という会社で、その名のとおり運送業です。社長の福智武（たける）が、真喜田組組長の真喜田繁義と小学校の同級生だったとかで、今でも付き合いがあるということです」

板橋課長が尋ねた。

「フロント企業ということか？」

「そこが微妙らしくてですね。はっきりした金の流れがつかめないんで、福岡県警の暴対でもフロント企業とは決めかねているようなんですが、福智がいろいろと真喜田の便宜を図っていることがうかがえるのだそうです」

板橋課長が竜崎に言った。

「フェリー開通で、真喜田が一歩踏み込んだということも考えられますね」

「一歩踏み込んだ？」

「つまり、本格的に商売を始めるということです」

「薬物の販路を確立するために、福智の会社を使うことにしたということか」

「あり得ると思いませんか」

「それはそうだが……」

「何か気がかりなことがおありですか？」

「ある」

「何です？」

「何も証拠がない」

「福岡で、さらに調べさせましょう」

「そうだな」

「場合によっては、増員の必要があるかもしれません」

「福岡に、さらに捜査員を送るということか？」

「はい」

「必要ならそうしてくれ」

「ご発言の歯切れが悪いように思えるのですが、他に何か……？」

「ああ。もしかしたら、神奈川県警にいるある人物が、福岡のことについて何か知っているかもしれない」

板橋課長が眉をひそめた。

「誰です？」

「八島警務部長だ」

板橋課長は言葉が出てこない様子で、竜崎の顔を見つめていた。

「たしかに……」

しばらく沈黙した後に、板橋課長が言った。「八島部長は、神奈川にいらっしゃる前は、福岡でしたが……」

「俺に、横須賀に一人で行けと言ったのは、八島だ」

「はあ……」

板橋課長は、まだ訳がわからない表情だ。当然だと竜崎は思った。

「八島は着任の申告をする前に、大西渉と会っている」

「大西……？　衆議院議員の？」

「そうだ」

「ああ、たしか大西渉は、福岡選出でしたね。地元で何か関係があったのでしょうか」

「親交があったと聞いている」

「まあ、それほど不思議はありませんが……」

「八島は、福岡で大西渉のスキャンダルをもみ消したことがあるという噂がある。そのスキャンダルというのは、真喜田組組長とのかなり親密な関係だったと言われている」

「真喜田組……」

すると、二人の話を聞いていた安孫子署長が言った。

「よしてください」

竜崎は思わず尋ねた。

「どうしました?」

「そういう話は聞きたくありません」

「なぜです? 捜査に関係あることかもしれません」

「政治家のスキャンダルのもみ消しなどといった、幹部の黒い噂など、知らないに越したことはありません」

「私も話すつもりはありませんでした。しかし、真喜田組の名前が出たからには、黙っているわけにはいきませんでした」

安孫子署長は、腹を立てた様子で言った。

「八島部長が事件に関わっているという確証は何もないのでしょう?」

「ありません。大西渉とのことも、噂レベルの話です」

「だったら、無関係に決まってるじゃないですか」

「そうかもしれないが、そうではないかもしれない。とにかく、私は八島から話を聞いてみようと思っています」

「そういうことは、私たちの知らないところでやってください」

「もちろん、県警本部で話をすることになると思います」

「とにかく、キャリア同士の争いに巻き込まれて、とばっちりを食らうのは真っ平です」

　これが本音かと、竜崎は思った。

　彼は、どちらにつくかを迫られることを恐れているのだろう。竜崎の側について、もし竜崎が失脚するようなことがあれば、自分も影響を受けると考えているのだ。その小心さにはあきれるが、安孫子署長を責めることはできない。ノンキャリアで警視正まで登り詰めるのは、決して楽なことではない。

熾烈（しれつ）な競争に打ち勝ち、ミスをしないように細心の注意をはらって生きてきたに違いないのだ。

「巻き込んだりはしないので、安心してください」

　竜崎がそう言うと、安孫子署長は決まり悪そうな顔になった。

　そのとき、連絡係が、板橋課長宛（あて）に電話だと告げた。警電の受話器を取った板橋課長が、竜崎に告げた。

「捜査員四名が、東京駅で警視庁の捜査員と合流したということです」

　竜崎はうなずいた。

電話を切った板橋課長が、改めて言った。

「うちの捜査員四名と、警視庁の捜査員四名、計八名で、堂門の行方を探すようです」

「なんとか身柄を押さえて、話を聞き出すしかないな」

竜崎はそう言いながら、立ち上がった。

板橋課長が尋ねた。

「どうしました？」

「県警本部に行ってくる」

「八島部長ですか？」

「そうだ。話を聞いてくる」

「わかりました。こっちは、できるだけ福岡からの情報を集めておきます」

竜崎は、安孫子署長に言った。

「私がいない間、捜査本部を頼みます」

安孫子署長は、まだ決まり悪そうな様子だ。

「わかりました。お任せください」

竜崎が幹部席を離れようとすると、捜査員たちが立ち上がった。板橋課長も、山里管理官も立ち上がっている。

竜崎は板橋課長に言った。

「だから、いちいち立たなくていいと言ってるだろう」

公用車に乗り込むと竜崎は、阿久津参事官に電話した。

「今から県警本部に向かう。八島部長にアポを取っておいてくれ」

「承知しました。今、横須賀ですか？」

「そうだ」

「では、午後四時に面会できるように申し入れておきます」

「ああ、それでいい」

「では……」

「何も訊かないのか？」

「何のことです？」

「俺と八島が何の話をするのか、とか……」

「私がうかがうようなことではありません」

「そうか」

相変わらず、どこまでが本音なのかわからない。竜崎は電話を切った。
さて、話をどう切り出したらいいだろう。
車窓の外を眺めながら、竜崎は考えていた。

19

公用車が神奈川県警本部に着いたのは、午後三時二十分だった。竜崎が十一階に行くと、刑事総務課の係員たちが目を丸くした。

一人の係員がばたばたと課長室に駆けていくと、すぐに池辺刑事総務課長が顔を出して言った。

「部長……。お戻りでしたか……」

「ああ。今戻った」

「横須賀の件は……？」

「捜査は続いている。阿久津を呼んでくれ」

「了解しました」

部長室に入り、机の周りを見る。もしかしたら、決裁のための書類が山と積まれているのではないかと思っていたのだ。

だが、書類の山は見当たらない。

部長席に座って待っていると、ほどなく阿久津参事官がやってきた。

「八島警務部長とは四時に約束が取れています」

竜崎は、うなずいてから言った。

「決裁書類を片づけてくれたのは、君か？」

「横須賀までお持ちするわけにはいきませんので……」

俺が判を押す必要はないのだ。今後はすべて、阿久津に押しつけようか。半ば本気でそんなことを思った。

「その後、何か変わったことは？」

「ありません」

阿久津は即座にこたえた。「横須賀の捜査本部のほうはどうです？」

「福岡に飛び火しそうだ」

「ほう……」

「新たに、福岡と横須賀の間に開通したフェリーが関係しているようだ」

そして竜崎は、堂門の逃走について説明した。

話を聞いた阿久津は、確認するように言った。

「では、千葉県警と警視庁の協力を得ているわけですね」

「それと、福岡県警だ」

「さすがの調整力です」

阿久津の顔を見ていると、ほめられた気がしない。

ノックの音がした。阿久津がドアを開ける。池辺刑総課長が入室してきて言った。

「あの……。本部長がお呼びですが……」

竜崎は尋ねた。

「すぐに来いということか？」

「はい」

竜崎は阿久津に言った。

「約束の時間までには戻るつもりだが、もし、俺が戻らなかったら、八島に遅れると伝えてくれ」

「わかりました」

竜崎は、九階の県警本部長室に向かった。

「刑事部長が戻ったって、刑総課長から聞いてね……。横須賀はどうなってるの？」

佐藤本部長が本部長席から早口で尋ねる。竜崎は、来客用のソファに座っていた。

質問にこたえて、阿久津に伝えたのと同じことを報告した。

「それで……」

佐藤本部長が言う。「福岡に捜査員を送ったっていうことだよね。そっちは？」

「真喜田組という暴力団の関与が疑われます」

「まあ、薬物と来りゃあ、暴力団だよなあ……。ガサとかは？」

「まだその段階ではありません」

「まずは証拠固めか」

「はい」

「前にも言ったけどさ、福岡のことなら八島がよく知ってるんじゃないの？　捜査畑じゃなくても、ある程度の情報は耳に入るだろう」

「おっしゃるとおり、八島は、今回の事件について、何か知っているかもしれません」

竜崎の言葉に、佐藤本部長は眉をひそめた。

「え？　何それ。福岡の事情を知っているとかいうことじゃなくて、今回の事件のことを知ってるって……。どういうことよ？」

「それをこれから訊いてみようと思っています。四時に会う約束をしています」

佐藤本部長が時計を見た。

「根拠は？」

「八島と大西渉との関係をご存じですか？」

「ああ。スキャンダルもみ消しだろう？　けど、そいつは噂だ。だから俺は考えないことにしたんだ」

「大西のスキャンダルの相手が、真喜田組組長の真喜田繁義だったんです」

佐藤本部長は、少しばかり驚いたように左の眉を上げた。

「なるほど……。けど、それだけじゃなあ……」

「殺害された三竹宗佑が勤めていた運送会社の社長が、真喜田繁義と小学校の同級生で、今でも親交があるということです。現在逃走中の堂門も真喜田組との関連が疑われています」

「とにかく、警務部長と話をしてみてよ。その結果を、俺にも教えてくれる？」

「お知らせします」

「頼むよ」

話は終わりだった。竜崎は立ち上がり、礼をして本部長室を退出した。

警務部長室は、本部長室と同じ九階にある。一度刑事部長室に戻ろうと思っていたが、約束の時間が迫っているので、このまま向かうことにした。

総務部の係員にその旨（むね）を阿久津に伝えるように言ってから、警務部長室を訪ねた。

幹部の部屋の前には、決裁待ちの行列ができている。

かなりの人数が、ただ順番を待っているのだ。その間、彼らは何も仕事ができない。決裁を待つことも仕事だと言う者もいるが、それはいかにも役人的な発想だ。

この非効率的なシステムは何とかならないのかと思いながら、その列を追い越して警務部長室のドアをノックした。

返事があったので、ドアを開ける。先客がいたが、竜崎はかまわず入室した。先客が少々慌（あわ）てた様子で部屋を出ていった。

「阿久津参事官に、君が横須賀から戻ってくると聞いて驚いたよ」

部長席の八島が言った。「事件はまだ片づいていないんだろう？」

「片づけるために会いに来た」

八島は、苦笑とも愛想笑いともつかない複雑な表情を浮かべた。

「まあ、かけてくれ」

席を立って来客用のソファにやってきた。彼が座ったので、テーブルを挟んだ向かい側に、竜崎も腰を下ろした。

「それで……？」

八島が言う。「事件解決のために俺に会いに来たというのは、どういうことだ？」

「事件のことで、何か知っていることがあったら話してほしい」

八島は、ぽかんとした顔になって、それから笑みを浮かべた。竜崎は、彼が演技していると思った。動揺を隠そうとしているのだ。

「事件のことなんて、俺が知るわけがないだろう」

「いや、何か知っているはずだ」

「お互いに忙しい身だ。そういう冗談はやめようじゃないか」

「冗談なんかじゃない」

「だいたい、何で俺が事件について知っているなんて思ったんだ？」

「事件の直前に、大西渉に会っているだろう。正確に言うと、五月六日金曜日のことだ」

八島はふんと鼻で笑った。

「たしかに会ったよ。それがどうした」

「遺体発見の通報が五月九日。その三日前に大西と会っていることが気になる」

「福岡時代に付き合いがあったんでな。こっちに戻ったら、挨拶（あいさつ）くらいするさ」

「着任の申告が五月十日だ。その前に大西渉と会っていたことになる」

「だから何だと言うんだ。俺がいつ誰と会おうと勝手だろう」

「スキャンダルをもみ消したことは知っている」

　八島はうんざりしたような顔をした。

「そんなのはたいしたことじゃない。誰でもやっていることだろう」

「俺はどんなことも、もみ消したりはしない」

「そうか……」

　八島が再び笑みを浮かべる。「ご子息の件をもみ消さなかったので、警察庁から警視庁の所轄（しょかつ）へ異動になったんだったな」

「大西渉が、真喜田繁義の娘の結婚式に出席した。それが報道されそうになったのを、君が止めたんだな」

「ああ、そうだよ。報道する必要なんてないからな。大西先生と真喜田は、小学校時代の同級生だった」

「この事件に、もう一人の同級生が絡（から）んでいる」

「もう一人の同級生……？」

「そうだ。殺害された三竹宗佑は、福智運送株式会社で働いていた。その福智運送の社長、福智武が真喜田繁義と、やはり小学校の同級生だったということだ」

「それが何だ。田舎ってのはそんなもんだろう」

「北九州市は田舎町なんかじゃない」

「それが、俺と何の関係があるんだ？」

「君は、佐藤本部長が横須賀に行こうとするのを止めた。自分が事件に関わっていることを、本部長に知られたくなかったんだろう。だから、代わりに俺を行かせた。同期の俺なら言いくるめられると思ったんじゃないのか」

すでに八島の顔からは笑みがすっかり消え去っていた。彼は今、不機嫌な顔をしている。そうすれば、こちらの追及が緩むとでも思っているようだ。

「俺は事件に関わってなどいない」

「大西渉から、何かを聞いているはずだ」

「ふざけるなよ」

「ふざけてはいない」

「こんなところで、戯言(ざれごと)を言っていないで、ちゃんと仕事をしたらどうだ」

「今、仕事をしている」

「これが君の仕事か？」

「そうだ。俺は刑事部長だ。だから、殺人の捜査をしている」

「ふん。俺は被疑者ということか？」

「今はまだ参考人だ」

八島は目をむいて抗議しようとした。だが、竜崎の真剣な表情を見て、考え直したようだ。

彼は深呼吸してから言った。

「そうか……。俺に濡れ衣を着せて、失脚させようという腹だな。俺と伊丹を追い落とせば、君が一番になるからな」

「一番？　入庁のときの成績のことを言っているのか？　もはやそんなものは何の意味もない」

「キャリアの同期で生き残るのは一人だけだ。たった一つの椅子を、俺たちは争っているんだ」

「俺はそんなものには興味がない」

「嘘をつけ。出世競争に興味がないキャリアなどいるものか」

「いくらでもいる。だいたい俺は、家族の不祥事で左遷された身だからな」

八島は、唖然としてしばらく竜崎を見つめていた。やがて、彼は言った。

「じゃあ、本気で言っているのか。出世競争に興味などないと」

「出世はすべきだと思っている。決裁できることが増えるからな。だが、椅子取りゲームには、まったく興味がない」

「信じられん……」

「俺には、君が信じられない。いまだに、ハンモックナンバーにこだわっているなど……」

「じゃあ、なぜだ？　なぜ俺を犯罪者扱いする？」

「事実を知りたいだけだ。なぜ、五月六日に大西渉に会った」

「俺はあらかじめ、福岡から東京に戻ると大西先生に知らせていた。それで、東京に戻ったタイミングで、先方から呼び出しがあった。それだけのことだ」

「何を聞いた？」

「ただの世間話だと言っても、信じないようだな」

「信じない。君は何か知ってるはずなんだ」

八島は溜め息をついた。それに何の意図があるのか、竜崎にはわからなかった。知る必要もないと思った。

八島が言った。

「大西先生は、相談を受けたんだ」

「相談を受けた？　誰から」

「福智武だ」

「君は、福智武のことを知っていたのか？」

「名前だけはな」

「大西渉が、福智武ともつながっていたということか」

「小学校の同級生だと言っただろう。三人は、小学校六年生のときに同じクラスだったそうだ。その後、中学生になっても付き合いが続いた。親しい三人組だったんだ」

「福智武は大西渉に、何の相談をしたんだ？」

八島は、しばし逡巡（しゅんじゅん）している様子だった。

「俺がしゃべったということを、秘密にしてくれるか」

「それはできない。捜査で、情報の出所を明らかにする必要があるかもしれない」

「だったら話せないな。俺がしゃべったことを大西先生には知られたくないからな」

「ばかじゃないのか」

「え……？」

八島は一瞬、何を言われたかわからない様子で目を丸くした。だが、すぐにむっとした顔になった。「入庁時成績一番の俺が、なんでばかなんだ？」

「殺人事件を解決することと、国会議員に気に入られること。そのどちらが警察官として大切なのか、理解できないなら、ばかとしか言いようがない。優先順位がわからないやつはばかだ」

「出世街道から外れた君にはわからないだろうな。大西先生は俺にとって大切な人だ。殺人事件を解決するのは君の役目だ。俺の役目じゃない」

「せめて、捜査に協力したらどうだ」

「大西先生に迷惑をかけるわけにはいかないんだ」

「しゃべらないことで、かえって迷惑がかかるということが、どうしてわからないんだ？　捜査員が直接話を聞きに行くことになるんだぞ」

「脅迫する気か？」

「脅迫などではない。ただの事実だ。捜査というのはそういうものだ」

八島は考え込んだ。

竜崎はさらに言った。

「大西渉は、事件に関与していないと言ったな」

「していない」

八島は言葉を付け加えた。「そして、俺も事件とは何の関係もない」

「だったら別に、しゃべってもかまわないだろう」

八島は、また無言で何事か考えていた。沈黙が続いた。竜崎は、黙って待つことにした。たっぷり一分以上経ってから、八島が言った。

「無理な頼まれ事があって困っている。そう言ったそうだ」

「それは、福智武が大西渉に相談した内容か？」

「そうだ」

「無理な頼まれ事というのは、具体的にはどういうことだ？」

「知らない」

「では、大西渉に直接尋ねなければならないな」

「大西先生も知らないという意味だ。福智は、その頼まれ事の内容を話さなかったそうだ。大西先生に迷惑がかかるのを恐れたんだろう」

「福智武の目的がよくわからない。大西渉から、真喜田繁義に話をしてもらおうということなのか？」

「そうじゃないんだ。大西先生が話をしたところで、真喜田は諦めない。それを福智はよく知っていた」

「ますますわからない。じゃあ、福智は何のために大西渉に相談をしたんだ」

「君の嫌いなもみ消しだよ」

「もみ消し……？」

「真喜田からの頼まれ事というのは、新たに開通した新門司・横須賀間のフェリーに関係することのようだ。福智の仕事の内容を考えれば、何かを運ばされるということなんだと思う」

「その何かは、ほぼ明らかだと思うがな……」

八島はかぶりを振った。

「それについては、俺は何も知らない。大西先生も知らない。それは本当のことだ」

「……で、福智は何をもみ消してほしいというんだ？」

「福智の会社の社員が、何かトラブルを起こしそうだと言ったそうだ」

「トラブル……。どことの揉め事だ？」

「真喜田んところだろう」

その社員が三竹宗佑だということは、容易に想像がつく。もちろん確証はない。だが、今は、事件の動機や経緯を知りたい段階だ。そのためには筋を読むことも許されるだろう。

竜崎は確認するように言った。

「つまり、真喜田に無理やりなにかを頼まれ、それを実行しているときに、社員が真喜田組と何かトラブルを起こしそうだった、と……」

「そうだ」

八島は言った。「もし何か起きたとき、真喜田と自分の名前が表沙汰にならないようにしてほしいと……」

「それが、福智武の大西渉への相談の内容か」

「おそらく、悩んだ末に、止むに止まれず連絡してきたんだろう」

「何かが起きたときと言ったな」

竜崎は言った。「それが、横須賀の殺人事件だったということか?」

「俺にはわからない」

「ごまかすな。そう思ったから、佐藤本部長が横須賀に行こうとするのを止め、俺を行かせたんだろう」

八島は、またしばらく考え込んだ。

「咄嗟に思いついたんだ」

「思いついた? 何を?」

「君からなら、情報を吸い出すこともできるし、もしかしたらもみ消しも可能かもしれないと……」

「それは残念だったな。君が言ったように俺はもみ消したりするのは大嫌いだ。絶対にそんなことはしない」

八島はすっかり勢いを失っていた。

「あの時、そんなことは考えもしなかった」

「あの時……？」

「本部長室で、君らから事件のことを聞いた時のことだ」

「大西渉から聞いていた話を、そのとき話せばよかったんだ」

「まさか、その殺人事件が、福智が言うトラブルと関係があるとは思わなかった」

「いや、そうじゃない」

「そうじゃないというのは、どういうことだ？」

「大西渉から話を聞いたタイミングからしても、無関係だとは思えなかったはずだ。君は、無関係だと思いたかっただけなんだ」

八島は、眼をそらして下を向いた。そして、そのままの姿勢で言った。

「ああ、そうかもしれないな」

20

竜崎は言った。

「自分のところの社員が殺害されたというのに、福智武は事件のもみ消しを図ろうとしたというわけか？」

八島はかぶりを振った。

「大西先生に相談する段階で、福智はまさか殺人事件が起きるとは思っていなかっただろう」

「でも、事件をもみ消そうとしたんだろう？」

「事件そのものを隠蔽（いんぺい）したいわけじゃなく、会社名が出たりするのを防ぎたかったのだろう」

「警察が発表しなくても、マスコミは嗅（か）ぎつける」

「そうかもしれないが、大西先生は仁義だけは通したいわけだ」

「福智武が大西渉に相談したのは、いつのことだ？」

「一週間ほど前のことだと聞いている」

一週間さかのぼって捜査をしなければならないということだ。

「話の裏を取る必要があるな」

「それは、大西先生に面会するということか？　冗談じゃない。それが先方にとって、どれだけ迷惑なことかわからないのか。マスコミが、何事かと騒ぎだすぞ」

「君も警察官なら、そういうことより、犯人を捕まえることを考えるべきだ」

「なあ、君は官僚だろう。大西先生に貸しを作っておいて損はない」

「事件の関係者に貸しだの借りだのを作るつもりはない。それにな……」

「何だ？」

「俺は、ただの官僚じゃない。警察官僚だ」

刑事部長室に戻った竜崎は、応接セットのテーブルに書類のファイルがずらりと並んでいるのを見た。

帰ってきたとたんにこれだ……。誰かの嫌がらせとしか思えない。

竜崎は、池辺刑総課長を呼んだ。彼はすぐにやってきた。

「お呼びですか？」

「俺は、これから横須賀に戻る。あの書類に判を押している時間がないから、君と阿久津に任せる」

「あ……」

池辺課長は、一瞬迷いを見せたが、やがてこたえた。「了解しました。今日も横須賀にお泊まりですか？」

「そうなると思う」

一瞬、妻の冴子のことが頭をよぎったが、県警本部にいることは知らせる必要はないと思った。どうせ横須賀に戻るのだ。

「他に何か……？」

池辺課長が尋ねたので、竜崎は言った。

「横須賀に向かう前に、もう一度本部長に会いたい。今話せるかどうか訊いてみてくれ」

「了解しました」

池辺課長が部屋を出ていった。竜崎は、並んだ書類を眺めていた。

机上の電話が鳴り、受話器を取った。相手は池辺課長だった。

「本部長がすぐにお会いになるそうです」

「わかった」

竜崎は席を立ち、本部長室に向かった。

「たまげたね。警務部長は大西渉とそんな話をしていたんだ」

竜崎の話を聞き終わると、佐藤本部長が言った。

「大西渉に相談したときは、福智武は殺人事件が起きるなどとは思ってもいなかったということです。つまり、福智武も大西渉も、殺人事件とは直接関係ないということになります」

「福智が関係ないってことはないだろう。だって、真喜田に言われて何かを福岡から横須賀に運んだわけだろう。その何かってのは、薬物だろう」

「おそらくそうだと思いますが、まだ確認は取れていません」

「薬物を運んだりしなけりゃ、従業員が殺されることもなかったんじゃないの？」

「そのへんの詳しい事情は、まだわかっていません」

「しかしなあ……」

「何でしょう？」

「竜崎部長は、洗いざらい何でも俺にしゃべるんだね。大西渉の件とかさ……」

「八島と話した内容を報告しろとおっしゃったのは、本部長です」

「そりゃそうだけどさ。少しは隠してくれたほうが、俺は気が楽なんだけどな」

「すべてを上に報告すれば、私の気が楽になります」

「参ったね」

佐藤本部長は笑った。「それ、本気で言ってるよね」

「もちろん、本気です」

「……で、これからどうする？」

「堂門の発見・確保に全力をあげます。同時に福岡の捜査を増強し、事件の背後関係を調べます」

「堂門は、千葉から東京に逃走している模様だということだな？」

「そう考えて捜索しています」

「指名手配はどうだ？」

「考慮します」

「わかった。他には？」

「いえ、ありません」

佐藤本部長はうなずいてから言った。

「さて、警務部長をどうするか、だなあ。事件の背後関係をある程度知っていて、黙っていたんだ。しかも、俺を蚊帳の外に置こうとした。おとがめなしというわけにはいかないよね」

「捜査に協力させればいいと思います」

「協力させる？」

「大西渉に当たって、裏を取る必要があります」

「そうか。警務部長に段取りをつけさせるってわけだね」

「クビにするわけにもいかないでしょう」

佐藤本部長が再びうなずいた。

刑事部長室に戻り、阿久津を呼んだ。やってくると、彼は言った。

「横須賀署に戻られるとか……」

「今から向かう」

「決裁書類は引き受けました」

「頼む」

部内のことは、阿久津に任せておけば心配ない。逆に言うと、自分がいなくてもいいのではないかと、竜崎は思った。

阿久津にとってはむしろ、俺がいないほうがやりやすいのではないだろうか……。

「本当に何も尋ねないんだな」

竜崎が言うと、阿久津は表情を変えないまま言った。

「何のことでしょう」

「俺が、八島とどんな話をしたのか……」

「私から尋ねなくても、部長は教えてくださるでしょう。その必要があれば」

竜崎はうなずいた。

「じゃあ、伝えておこう」

竜崎は、大西渉と福智武の話をした。

「なるほど……」

阿久津は言った。「事件の核心は、福岡にあるということですね」

「事件の核心……。ミステリー小説やドラマのような言い方だな」

「そういうものに接していると、たまに参考になることを眼にすることがあります」

「だから福岡の捜査を増強する必要がある」

「今は捜査員を一名だけ派遣しているのでしたね」

「そうだ」

「それを増やすおつもりですね？」

「経費がかかるので、君は反対するかもしれないな」

阿久津は驚いた顔になった。

「何をおっしゃいます。私は部長の方針に異を唱えたりはしません」

明らかに演技をしている。実に食えないやつだ。

竜崎は立ち上がった。

「では、横須賀に向かう。あとのことは頼んだ」

公用車の中で、竜崎は伊丹に電話をした。

「堂門の行方は、まだわからないようだな」

「あのな。俺は神奈川県警の事案にかかり切りになるわけにはいかないんだ」

「協力に感謝している」

「当然だろう」

「八島と話をした」

とたんに伊丹は食いついてきた。

「何かわかったのか？」

「東京に戻って早々に、あいつは大西渉に会っていた」

「それは知っている」

「そのときに、大西渉は、福智武という人物から相談を受けていると、八島に話したんだ」

「ふくちたける……？　何者だ？」

竜崎は、福智武と真喜田繁義、そして、彼らと大西渉の関係を説明した。

伊丹が言った。

「真喜田が福智に運ばせたのは、おそらく薬物だな。福岡には半島経由で北朝鮮製の覚醒剤(かくせいざい)や中国製のヘロインなんかが入ってくる。それを、横須賀に運ばせたということか……」

「うかつに断定はできないが、その線が濃いと睨(にら)んでいる」

「福智が言ったトラブルの内容が知りたいな。それについて、八島は何か言ってなかったのか？」

「大西渉も知らないはずだと言っていた。福智が気をつかったのだろう、と……」

「しかし……」

伊丹は声を落とした。「八島はふざけたやつだな。おまえと本部長を煙(けむ)に巻こうとしたんだろう」

「もみ消せるかもしれないと思ったんだろう。だが、すぐに考え直したようだ」

「あたりまえだ。もみ消すなんて、とんでもない」

「邦彦の麻薬の件を、もみ消せと言ったのは誰だったかな」

「誰だよ、それ」

「まあ、八島にはこれから役に立ってもらうさ」

「クビにしちまえばいいんだよ、あんなやつ」

「そうすれば、おまえがハンモックナンバー一番ということになるな」

「それは悪くないな」

「とにかく、堂門を見つけるのに協力してくれ」

「やってるじゃないか。じゃあな」

電話が切れた。

横須賀署に到着したのは、午後六時頃のことだった。捜査本部に行くと、幹部席に安孫子署長の姿があった。

本部内がなんだか騒がしい。

幹部席に行くと、安孫子署長が言った。

「いらっしゃらない間に、いろいろとありましたよ」

「こちらも、県警本部で収穫がありました」

竜崎はそうこたえてから、板橋課長を見た。「何があった？」

「千葉県警から連絡があって、鑑識がボートから人間の血液を見つけました。後部甲板の隙間に残っていた血液を分析したところ、ヒトのものだということが明らかになったということです」

「ボートが殺人現場の可能性があるということだな」

「はい。そして、堂門が殺人の被疑者になったということです」

「逮捕状は？」

「罪状が建造物侵入罪と窃盗になっていたので、殺人に変更しています」

「それが済んだら、指名手配する」

「さらに、聞き込みで有力な情報を入手しました」

「何だ？」

「事件直前に、堂門が横須賀市内で接触していた人物を見つけました。ドブ板通りのバーの従業員の情報です。バー周辺の防犯カメラの映像を解析して、その人物の人着を確認しました」

「何者だ？」

「福岡にその画像を送ったところ、真喜田組の構成員だということがわかりました。名前は、門倉博、年齢は三十五歳です」

竜崎は即座に言った。

「福岡にさらに何人か送ってくれ」

板橋課長が念を押すように尋ねる。

「増員していいんですね？」

「県警本部で有力な情報をつかんだ」

竜崎は、福智が真喜田から何かを頼まれたこと、そして、それに関するトラブルがあったらしいことを話した。

板橋課長が尋ねる。

「それ、八島警務部長からの情報ですね？」

「そうだ」

安孫子署長が、眉をひそめて言った。

「本当に、事情を知っていたんですね……」

竜崎はこたえた。

「ええ。だから会いに行ったんです」

「それで、八島部長はどうなるんです？」

「捜査に協力してもらうつもりです」

「それだけですか？」

「それだけじゃいけないですか？」

「失脚させるために、何か手を打たなかったんですか？」

「そんな必要はありません。捜査のためになる話が聞けたんですから……」

安孫子署長は、ぽかんとした顔で竜崎を見た。

「私はてっきり、キャリア同士の足の引っ張り合いが始まるのかと……」

安孫子署長はそこまで言って、失言に気づいた様子だった。「あ、失礼なことを申しました。申し訳ありません」

「無駄なことにエネルギーを使いたくありません。それでなくても、忙しいのですから」

安孫子署長は、それきり何も言わなかった。

山里管理官と何事か話し合っていた板橋課長が、竜崎に言った。

「福岡に三名送ります。いいですね？」

「先行している捜査員と合わせて四名か。いいだろう」

「今からなら、羽田発最終便に間に合うでしょう。すぐに行かせます」

竜崎はうなずいてから言った。

「堂門が真喜田組の構成員と、横須賀市内で接触していた。つまり、その門倉というのは、共犯者と見ていいだろうな」

板橋課長が言った。

「間違いないでしょう。遺体を運んでいることを考えても、単独犯とは考えられません」

「その門倉だが、真喜田組の組員ということは、住所は福岡なのか？」

「ええ。三竹を消すために、送り込まれたのかもしれません。それも調べさせています」

「警視庁の組対四課にも問いあわせてくれ」

「警視庁の組対四課？」

「ああ。知っている者がいるかもしれない。もしかしたら、門倉は顔が売れているやつかもしれないからな」

「じゃあ、県警の組対にも訊いてみましょう」

そのとき、山里管理官が言った。

「福岡県警から、門倉博の顔写真が届きました」

板橋課長が竜崎に言った。

「防犯カメラの映像は不鮮明でしたからね。届いた写真で手配しましょう」

「任せる」

それから、竜崎は安孫子署長に言った。「私が県警に行っている間、捜査本部を見ていただきました。交代しましょう。帰宅してくださってけっこうです」

すると、安孫子署長がかぶりを振った。

「しばらくここにいてもいいですね？」

「もちろんかまいませんが……」

「お近くにいて、勉強させていただきたいと思いまして……」

「勉強……？」

「竜崎部長は、捜査本部でのふるまいが、これまでの刑事部長とはずいぶんと違っておられます」

「すいません。不慣れなもので……」

「思い切った決断をされる。それが、パフォーマンスではないかと思っていたのですが、どうやらすべて本音だとわかってきたのです」

「いつも本音ですよ」

「それを勉強したいのです」

「何だかわかりませんが、お好きにどうぞ」

「はい。そうさせていただきます」

山里管理官の声が聞こえた。

「記載事項を変更した逮捕令状が届きました」

板橋課長が山里に確認する。

「堂門の、罪名殺人の逮捕状だな?」

「そうです。正確には、殺人及び死体遺棄……」

それを受けて、竜崎は言った。

「すぐに指名手配しよう」

板橋課長が力強くこたえる。

「了解しました」

蒸気機関車のようなものだと、竜崎は感じていた。大きくて重いものほど、動きだすのに時間と労力がかかる。だが、一旦動き出したら今度は止めるのに苦労するほど巨大なエネルギーを持って邁進する。

捜査本部のことだ。

今、捜査本部が確実に加速しつつある実感があった。

21

午後七時過ぎ、夕食の弁当が配られた。安孫子署長も弁当を受け取った。本当に腰を据えるつもりのようだ。

幹部席で、弁当を食べていると、門倉の逮捕状が下りたという知らせがあった。竜崎は板橋課長に確認した。

「罪状は殺人だな？」

「そうです。堂門との共犯ということで、裁判所は納得しました」

「では、門倉も指名手配してくれ」

「手配しました。ご心配なく」

安孫子署長が言った。

「やはり現場慣れしてらっしゃいますね」

竜崎はこたえた。

「余計なことだと思いながらも、つい口を出してしまいます」

板橋課長が、竜崎に言った。

「八島部長から聞き出した話の裏を取らなければなりませんね」

「大西渉に会うということだな？　では、八島に段取りをさせよう。会いにいく捜査員を選んでくれ」

「会いにいくなら、部長でしょう」

「俺が……？　現場の捜査員が行くべきじゃないか？」

「それこそが、部長の仕事だと思います」

「そうかな……」

「そうです。相手に舐められるわけにはいきませんから。本来なら県警本部長に行ってもらいたいくらいです」

佐藤本部長に相談しても、きっと俺に行けと言うだろうな。竜崎はそう思った。

「わかった。八島に話しておく」

「お願いします」

弁当を食べ終えると、竜崎は電話を取り出して、八島にかけた。

「竜崎か？　何だ？」

「大西渉に会いにいく。段取りしてくれ」

「おい、先生には迷惑をかけない約束じゃないか」

「そんな約束はしていない」

「俺がしゃべらないと、捜査員が直接大西先生に会いにいくからと……」

「裏を取るとはっきり言ったはずだ」

「何とかならないのか」

「ならない。殺人事件の捜査だからな」

「国会議員は分単位で動き回っている。そう簡単に会えるもんじゃないぞ」

「だから君に頼んでるんだ」

「しかし……」

「話は十分で済む」

しばらく無言の間があった。やがて、八島が言った。

「わかった。連絡する」

「早急に頼む」

「連絡する」

八島は繰り返した。

午後八時を回った頃、山里管理官が幹部席に近づいてきて言った。

「警視庁の組対四課からの情報です。門倉博の資料を持っているそうです」

板橋課長が質問する。

「福岡のマルBの資料をか……？」

「門倉は、警視庁が扱った事案でも逮捕歴があるようです」

「つまり、東京で事件を起こしたということか？」

「詐欺事件のようです。主犯ではなく、証拠が不十分だとして、不起訴になっていますが……」

「組がやり手の弁護士を雇ったんだろう。うちの組対本部には資料はなかったのか？」

「神奈川県警にはありませんでした」

「県内での悪さは、今回が初めてということかな？」

「これまで県内で検挙されたことがないだけかもしれません」

「そうじゃないと思いたい」

「門倉は、真喜田組の東京進出の足がかりを作っていたようです」

「じゃあ、東京に拠点となるヤサがあるということだな……」

「はい。港区麻布十番に知人のマンションがあるということです」

「知人の性別は？」

「女性です」

「わかりやすく言ってくれ。情婦ということだな」

「関係性についての報告はありませんでした」

「その麻布十番のマンションに、うちの捜査員を向かわせろ」

「了解しました。四人向かわせます」

山里管理官が席に戻っていくと、板橋課長が竜崎に言った。

「警視庁の刑事部長に仁義を通す必要がありますね」

「うちの事案だから、いちいち連絡することはない」

「自分の庭の中で、他人が勝手に捜し物をしていたら、腹が立つでしょう」

「同じ警察官なんだから、そういう縄張り意識をなくせばいいんだ」

「ごもっともですが、そういうのはすぐにはなくならないんですよ」

竜崎は伊丹に電話することにした。

「おう。八島の件はどうなった？」

「大西に会う段取りをさせることにした」

「そんなもんじゃ済まないだろう。あいつを蹴落とすいいチャンスだぞ」

「そんな話をするために電話したわけじゃない。堂門が門倉博という人物と、事件の直前に横須賀市内で接触していたことがわかった。その門倉の知人が居住するマンションが、麻布十番にある」

「その門倉ってのは、殺人に関与しているのか？」

「堂門の共犯と見て逮捕状を取り、指名手配した。そのマンションにうちの捜査員を行かせたい」

「うちの捜査一課も行かせる」

「助っ人を出してくれるということか」

「まあ、そういうことだな」

「東京都内で、神奈川県警の捜査員に好き勝手はさせない、というのが本音だろう」

「おまえ、人が悪くなったな。何でもそう悪意に取るもんじゃないぞ。もし、捕り物にでもなったら、手が足りないだろう」

「それはたしかにそうだ」

東京に向かった神奈川県警の捜査員は、たった四人なのだ。

「人の好意は素直に受け取るものだ。マンションの住所は？」

「警視庁の組対四課にその情報がある」

「わかった。捜査一課のやつに、そっちに訊くように言おう」

「頼む」

「なあ、八島をとっちめようぜ」

「また連絡する」

竜崎は電話を切った。

午後九時半頃、捜査員たちが麻布十番のマンションに到着したという知らせが入った。

板橋課長が山里管理官に尋ねた。

「うちの捜査員は、全員現着したのか?」

「はい。四人とも到着しました。さらに今、令状を届けるために一人向かっています」

板橋課長が竜崎に尋ねた。

「警視庁捜査一課も人を出すことになっているんでしたね?」

「刑事部長はそう言っていた」

板橋課長が山里管理官に確認した。

「助っ人は、ちゃんと来てるのか？」

「それが……」

「どうした？　来ていないのか？」

「一個班も来てるみたいなんです」

「一個班……？　一つの係全員が来ているということか？」

「はい。係長を含めて、十四人現着しているそうです」

板橋課長が驚いた顔で、竜崎を見た。

竜崎は言った。

「好意だと、伊丹刑事部長は言っていた」

「完全に現場を仕切るつもりですよ。堂門と門倉の身柄を持っていきかねません」

「そんなことはさせないから、心配するな。とにかく今は、堂門と門倉の所在を確認して、身柄を取ることが最優先だ」

「はい。そのマンションに、門倉が潜伏していれば御の字ですね」

「二人がいなかったとしても、部屋の住人に話を聞けば何かわかるだろう」

「そうですね」

板橋課長は、山里管理官に視線を転じた。「現場の捜査員に、逐一報告するように言ってくれ」

「了解しました」という山里管理官の声が返ってきた。

その後、現場から報告があり、捜査員たちは張り込みを行っているという。部屋の住人には接触せず監視して、門倉の姿を視認する方針をとることにしたという。

「慎重だな」

板橋課長が山里管理官に言った。「誰の方針だろう」

「それは確認していません」

竜崎は言った。

「つまり、取りあえず様子を見ようということだな」

「そうですね。人数が多いからできる作戦です。警視庁が十四人も出してくれましたから……」

「部屋には接触せずに、まず門倉の姿を確認しようというのは、いい方針だと思うが……」

「私もそう思います。ただ……」

「ただ、何だ？」

「時間がかかるかもしれません」

「そうか」

時計を見た。午後九時四十分だ。

竜崎は、安孫子署長をちらりと見た。彼はまだ帰るそぶりを見せない。

俺が帰ると言えば、安孫子署長も引きあげる気になるはずだ。捜査に動きがないようなら、そうしてもいい。

竜崎がそう思ったとき、電話が振動した。

八島からだった。

「どうした？」

「大西先生の件だ。なんとか話をつけた」

「会えるのか？」

「ああ。第一秘書に無理やり時間を空けてもらったよ」

恩着せがましい言い方だ。伊丹が言ったとおり、とっちめたほうがいいだろうか。

ふとそんなことを思った。

「いつだ？」

「早いほうがいいんだろう？　明日の朝九時だ」

竜崎が尋ねると、八島は千代田区にある老舗ホテルの名前を言った。

そして、八島は付け加えるように言った。

「俺も同席する」

「ああ、当然だな」

妙な間があった。

「じゃあ、明日の九時に……」

電話が切れた。

あの間は何だったんだろうと思いながら、電話をしまった。おそらく、礼でも言ってもらいたかったのだろうと、竜崎は思った。

竜崎は板橋に言った。

「しばらく動きはなさそうだな」

「そうですね。麻布十番は張り込み続行、福岡からも報告はありません」

「では、俺はホテルに引きあげることにする。明日の朝、九時に東京で大西渉議員に会わなければならない」

「了解しました」

「場所は？」

「何かあったら、すぐに知らせてくれ」

「もちろんです」

それから竜崎は、安孫子署長に言った。

「では、我々は引きあげましょう」

安孫子署長は、少々戸惑っている様子だった。

「今、席を外していいものでしょうか……」

これまで、捜査本部でそんな発言をしたことなどなかったはずだ。安孫子署長の内部で何かが変化したのは間違いなさそうだ。

「だいじょうぶです」

竜崎は言った。「あとは課長や管理官に任せましょう。実は、俺たちがいないほうが、彼らはやりやすいのかもしれません」

その言葉が聞こえているはずだが、板橋は知らんぷりをしていた。

安孫子署長が言った。

「そういうことでしたら……」

竜崎がうなずいて席を立つと、安孫子署長がそれにならった。

ホテルに戻った竜崎は、時計を見た。午後十時二十分だ。冴子に電話してみることにした。

「どうだ、その後……」

「邦彦のこと？　相変わらず、電話は通じない」

「外務省の内山さんからは、その後何の連絡もない」

冴子があきれたように言った。

「警察官がアパートを見にいったという連絡をくれたのは昨日のことでしょう」

「それはそうだが……」

「何も知らせてこないというのは、何事も起きていないということでしょう」

「誰も気づいていないということもあり得る」

「いつからそんなに心配性になったの？」

「自分では何もできず、ただ知らせを待つだけというのが苛立(いらだ)たしい」

「でも、待つしかないんでしょう？」

「そうだな」

「だったら、じたばたしても始まらない」

竜崎は一つ深呼吸をした。

「そのとおりだ」

冴子だって心配でたまらないはずだ。うろたえてはいけないと、必死に自分に言い聞かせているに違いない。

「じたばたしても始まらない」という言葉は、半ば自分に向けて言っているのだ。

竜崎は言った。

「それは、俺が言うべき台詞だな」

「捜査はまだ片づきそうにないの？」

「そういう話はできない」

「いつ帰ってくるか知りたいだけよ」

竜崎はちょっと迷ってから言った。

「この先、そう長くはかからないと思う」

「わかった。じゃあ」

「ああ」

竜崎は電話を切った。

公用車で東京に向かった。行き先は千代田区のホテル。八島も同様に、公用車で向かっているはずだ。

車が都内に入ると、竜崎は八島に電話した。

「あと二十分ほどで着く」

八島がこたえた。

「俺もだ。ホテルのロビーで落ち合おう」

「わかった」

電話を切った。

大西渉についての予備知識はほとんどなかった。福岡選出の衆議院議員ということくらいしか知らない。

ただ、幼馴染み(おさななじみ)とはいえ真喜田のようなやつと親交があるのだから、革新的なタイプとは思えなかった。

マスコミのインタビューではないのだから、予備知識など必要ない。必要なことを聞き出せばいいのだ。そう思うと、少し気が楽になった。

午前九時十分前にホテルに到着した。車を下りてロビーに進んだ竜崎は、すぐに八島を見つけた。

八島は仏頂面(ぶっちょうづら)だった。大西に迷惑をかけるのが不本意なのだろうか。あるいは、竜崎の言いなりになっているのが悔しいのかもしれない。おそらく、その両方だ。

「議員はどこにいるんだ？」

竜崎が尋ねると、八島は不機嫌そうな顔のままこたえた。

「スイートの部屋だ」

八島が歩き出したので、それについていくことにした。

エレベーターに乗り、かなり上の階にやってくる。気圧の変化でしばらく耳がおかしくなった。

八島は無言で廊下を進み、部屋のドアの前で立ち止まった。ノックすると、すぐにドアが開いた。

「やあ、どうも」

ドアの向こうの人物が八島に言った。五十歳くらいの背の低い男だ。笑顔だが、眼は冷ややかな印象があった。

八島が言った。

「第一秘書の川添さんだ。こちらは、竜崎刑事部長」

川添がドアを大きく開けて、二人を招き入れた。

「時間は十分だけ。いいですね」

竜崎はこたえた。

「けっこうです」

リビングとベッドルームのほかに、会議室のような部屋があった。高価なスイートルームなのだろう。

大西渉は、その会議室のような部屋にいた。中央に大きなテーブルがあり、その周りに椅子が配置されている。一番奥の椅子に、大西が座っている。

その前には漆塗りの器に入った弁当が置かれている。同じような箱がいくつかテーブルに載っていたが、背広姿の若者がやってきてそれを片づけた。

大西が言った。

「支援者と朝食会をやっていたところでね。昼飯の時間もここで会議だ。まあ、座ってくれ」

「失礼します」

八島が大西の近くに座った。竜崎は、その隣に腰を下ろす。

「さて、福智の件だと、八島君から聞いたが……」

竜崎は言った。

「福智さんから相談を受けていたということですね。どういう相談ですか？」

大西は、世間話でもするような軽い調子でこたえた。

「友人から無理な依頼を受けて困っているという相談だ。福智とは小学校の頃からの付き合いなので、何とかしてやりたくてね……。それで八島君に話をしたわけだ」

「その友人というのは、真喜田繁義ですね」

大西は平然とこたえる。

「そうだ。真喜田と福智、そして私は小学校六年のときに同じクラスになった。中学生になっても付き合いが続いた。そういう友達は大切なものだろう」

竜崎は伊丹のことを思い出しながら言った。

「人それぞれでしょう」

「そういう事情だ。だから、よろしく頼むよ」

大西は時計を見た。「なんだ、二分で話が終わったな」

彼は竜崎たちが、福智の名を伏せることを確約しに来たと思っているようだ。

竜崎は言った。

「私の話は、まだ終わっていません」

大西が怪訝（けげん）そうな顔で竜崎を見た。

22

「何の話があるんだ？」

大西の問いに、竜崎はこたえた。

「今日は確認に参りました」

「何の確認だ？」

「福智さんが真喜田繁義から、何を頼まれたのか、ご存じですか？」

「何を頼まれたのかは知らない。そんなことは必要ないだろう。福智の名前を公表しない。それを約束してくれれば、それで話は済む」

「勘違いをされているようです」

「勘違いだと？　どういうことだ？」

「私は、殺人事件の捜査でここに参りました」

「殺人事件……？」

大西は八島を見た。「おい、何の話だ？」

八島は、渋い表情で言った。

「横須賀の事件はご存じですか？」

「ああ。ヴェルニー公園で遺体が見つかった件だろう。それがどうした」

その質問には、竜崎がこたえた。

「発見された遺体は、福智さんの会社の従業員のものでした」

大西が八島と竜崎の顔を交互に見て言った。

「福智の……？」

竜崎はさらに言った。

「おそらく、福智さんが相談されたときは、トラブルが殺人に発展するなど、想像もしなかったのでしょう」

「待て待て。じゃあ何か、真喜田が福智に依頼したことが原因で、殺人事件が起きたということなのか？」

「そういうことです」

竜崎はわざと断定的に言った。それで、大西にプレッシャーがかかるはずだ。

大西がわずかに身を乗り出した。

「ばかな……。真喜田と福智は親友だぞ……」

「二人は親友でも、その周囲にいる者たちが親しいわけではありません。特に、大金が絡むとなれば……」

「大金……？」

「真喜田繁義が福智さんに無理な依頼をしたということですね。依頼の内容についてはご存じないとおっしゃいましたが、我々は、薬物の輸送ではないかと考えております」

「薬物……？」

「福岡と横須賀の間にフェリーが就航しました。それを利用して薬物を輸送するのです」

「それで、横須賀で事件が起きたというわけか」

「薬物の密輸には、三つの重要な要素があるのです。仕入れ、輸送、販売の三つです。その中でも輸送は特に重要だと言われているのです」

「真喜田はそれを福智にやらせようとしたわけか」

「我々はそう考えています。捜査情報は外に洩らしてはいけないのですが、議員が当事者たちと近しい間柄でいらっしゃるのでお話ししました」

　大西は竜崎を見据えて言った。

「福智の名前をマスコミに発表する必要はあるのか？」

「警察が発表しなくても、マスコミは嗅ぎつけます」

「発表せずに済むように、うまくやれ。警察ならそれくらいできるだろう」

「マスコミを舐めてはいけません。私は警察庁の長官官房にいるときに、マスコミ対策をやっていましたので、よくわかっているつもりです。福智運送のことを嗅ぎつけたマスコミは、必ず、なぜその名前が秘匿されたのかを探ろうとします。そうすると、追及の手が議員にまで伸びるかもしれません」

「脅すのか」

「脅しではありません。事実を申し上げております。秘匿してばれると傷が大きい。へたをすると致命傷になります。それよりも、福智さんに詫びを入れるなりして、すべてを発表したほうがいい。福智さんは、むしろ被害者なのですから……」

「犯人は真喜田組のやつなのか？」

「それはまだ確認されていません」

「ここで隠し事をするな」

「二人の被疑者を追っていますが、そのうちの一人は真喜田組の構成員、もう一人も組と関係が深い人物です」

「くそ……」

大西は忌々しげに言った。「真喜田のやつ……」

それから彼は竜崎を見て言った。

「わかった。君の言うとおりだ。福智の件は任せる。他に何か？」

「すべて確認が取れました」

そして、竜崎は時計を見た。「約束の十分が過ぎましたので、これで失礼します」

大西はすでに、竜崎たちには関心のない様子で携帯電話をいじりはじめた。

竜崎と八島が部屋を出ようとすると、大西が携帯電話を見たまま言った。

「ああ、八島君。今度会うときに、その竜崎部長も連れてこいよ」

「は……？」

「なんだか、面白そうなやつだ」

八島がこたえた。

「はい。わかりました」

俺の意向は訊かないのか。そう言ってやろうと思ったが、竜崎は黙って部屋を出た。

ホテルのロビーで、八島が竜崎に言った。

「言われたことはやったからな。もう、大西先生のことでとやかく言わないでくれ」

「君の警察官としての信用が回復したわけじゃない」

八島はしかめ面をして言った。

「とにかく、大西先生に愛想を尽かされなくてよかった」

「そんなに政治家が大切か？」

「人脈は大切だ」

「議員なんて、選挙に落ちればただの人じゃないか」

八島はうんざりした顔で言った。

「じゃあ、俺は帰るぞ」

「県警本部にか？」

「何言ってるんだ。帰宅するんだよ。今日は土曜日じゃないか」

そうだったのか。捜査本部にいると曜日の感覚がなくなる。

竜崎は言った。

「俺は、横須賀に行く」

二人はそこで別れた。

竜崎を乗せた公用車は、十時半頃に横須賀署に着いた。捜査本部に顔を出すと、幹部席に安孫子署長の姿があった。

竜崎は言った。

「土曜日なのに、出勤ですか？」

「捜査本部に曜日は関係ないでしょう」

竜崎は着席すると、板橋課長と安孫子署長に言った。

「大西渉に会ってきました。八島が言っていたことの裏が取れました」

安孫子署長が言った。

「大西渉から直に裏を取ったんですか？」

「そうです」

「いや、さすがですね」

「警察官なら、誰でも同じことをするはずです」

「そうでしょうか……。私には自信がありません」

山里管理官も席に近づいてきたので、竜崎は、大西から聞いた話を三人に伝えた。

話を聞き終えると、板橋課長が言った。

「真喜田と福智の間にあったトラブルが、殺人の背後にあったということですね」

竜崎がうなずいた。

「もとはと言えば、真喜田が何事かを福智に強要したからだ」

「薬物の運搬ですね」

「その証拠を入手するんだ」

「殺された三竹が薬物を運んだとしたら、それがどこかにあるはずですね」

すると、山里管理官が言った。

「堂門か門倉が持って逃走したと考えていいんじゃないでしょうか」

板橋課長が言った。

「それを、東京にいる捜査員に伝えろ。そして、今部長から聞いた話を、福岡の捜査員に詳しく伝えるんだ」

「了解しました」

山里が管理官席に駆けていく。

竜崎は板橋課長に尋ねた。

「その後、麻布十番のほうはどうなんだ？」

「動きはありません」

「まだ、門倉を視認できていないということか？」

「まだ知らせはありません」

「堂門の足取りは？」

「それもつかめていません」

「すでに福岡に行っている可能性もあるな」

「それもあって、捜査員を三人増援したんです」

「まあ、焦(あせ)りは禁物だ。指名手配は伊達(だて)じゃない。捜査員の眼だけじゃなく、地域課や一般市民の眼が期待できる」

「……そうですね」

板橋課長は、あまり期待していない様子だ。彼は現実主義者なのだ。指名手配といえども、それほど有効に機能するとは考えていないのだろう。

実際に、手配写真が行き渡るには時間がかかるし、一般市民は普段指名手配犯のことなど気にせずに暮らしている。

だが、少しでも可能性があるなら、その方法を試すべきなのだ。そして、竜崎はその可能性を信じることにした。

信じていたことが現実になったのは、その日の午後のことだった。

午後一時過ぎに、山里管理官が言った。

「堂門らしい人物を見かけたという情報が入っているんですが……」

　板橋課長が尋ねる。

「どこからの情報だ？」

「一般市民が一一〇番通報したらしいです。警視庁の通信指令センターから流れた無線を地域課が聞き、それを捜査一課に上げたようです」

「目撃の場所は？」

「一の橋の交差点近く……」

「麻布十番じゃないか」

「はい。ですが、ガセかもしれません」

「ガセでもいい。現場にいる捜査員に、堂門も門倉といっしょにいる可能性があると伝えろ」

「了解しました」

　それから、板橋課長が竜崎に言った。

「どう思います？」

「堂門が福岡に向かわず、東京都内に潜伏していたということだな……」

「捜査の攪乱（かくらん）かもしれません。都内にいると思わせるための……」

竜崎はしばし考えてから言った。

「物事はシンプルに考えよう。麻布十番での目撃情報があった。だったら、堂門は麻布十番にいるんだ」

さらにその一時間後、福岡から連絡があった。その内容を、山里管理官が幹部席に告げにきた。

「福智武に話を聞いたところ、真喜田繁義とのトラブルの内容がわかりました。ヘロインの運搬を頼まれたので、それを断ったところトラブルになったということです」

板橋課長が言った。

「やっぱり麻薬か……」

「はい。明太子の箱を細工して、ヘロインのパッケージを隠してトラックに積み込み、フェリーで横須賀に運ぶのだそうです」

「具体的にはどんなトラブルだ？」

「福智は当初、麻薬の密輸に手を貸すようなことはしないと突っぱねていたようですが、真喜田にあの手この手で強要され、ついに押し切られたようです。しかし、従業員の中に強硬に反対する者がいて、その先頭に立っていたのが三竹宗佑だったということです」

「真喜田組としては三竹が邪魔だから消したということか……」

竜崎は言った。

「しかし、その三竹が、福岡じゃなくて横須賀で殺されたのはどうしてだ？」

板橋課長がこたえた。

「やはり、荷物を運んだのだと考えるべきでしょうね」

「麻薬輸送に強硬に反対しているのに？」

「ですから、横須賀で何かが起きたんです。堂門と門倉に話を聞くしかないですね」

「麻布十番からは、まだ連絡はないんだな？」

「ありません」

それからは、じりじりとした時間が流れた。固定電話が鳴るたびに、今度こそは進展が、と思うのだが、その期待は裏切られつづけた。

緊張と倦怠(けんたい)が入り混じった独特の時間が続く。それに耐えきれなくなったのか、安孫子署長が言った。

「現場に令状は届けたんだね？」

板橋課長がこたえた。

「はい。ですから、今は現場には神奈川県警の捜査員が五人いることになります」

「踏み込んだらどうかね？　もうじき日が暮れる」

どうやら、安孫子署長は逮捕の際の捜索および差押えのことを気にしているようだ。特別な記載がない限り、捜索は日の出から日没までと決められている。

板橋課長が言った。

「身柄を取るだけなら、いつでもできますから、だいじょうぶです」

「それはそうだが……」

そのとき、電話を受けた山里管理官の声が響いた。

「堂門と門倉を視認しました。当該マンションの部屋にいるとのことです」

板橋課長が、それに負けないくらいの大声で尋ねる。

「ガラ取りか？　踏み込んだのか？」

「その報告はまだです」

すぐに続報が入るはずだ。

そう思っていると、電話が振動した。冴子からだった。

邦彦のことに違いない。

すぐに出ようとしたが、そのとき、再び山里管理官の大声が聞こえた。

「堂門、門倉、二人の身柄を押さえました」

これでは電話に出られない。冴子にはあとでかけ直すしかない。

山里管理官の言葉が続く。

「午後五時七分。逮捕状執行です」

捜査本部内に、「おお」という抑制された歓声が上がる。

板橋課長が山里管理官に言った。

「警視庁に身柄を取られるな。すぐに、こっちに運べ」

「そのように伝えます」

竜崎は板橋課長に言った。

「堂門も門倉も、都内に潜伏していたんだな」

板橋課長がこたえる。

「二人はとりあえず、門倉の拠点で様子を見ることにしたんだと思います。身柄が到着したら、すぐに取り調べを始めます」

「そうしてくれ」

これで冴子に電話ができる。そう思って電話を手にしたとたん、それが振動した。

伊丹からだった。

「知らせを聞いたか？」

「堂門と門倉の身柄確保のことか？」

「そうだ。うちの捜査一課が全面協力したんだ。しばらくは俺に頭が上がらないな」

「恩着せがましいな」

「そういう言い方はないだろう」

「感謝している」

「なんか、もっとこう、言い方ってもんがあるだろう」

「礼はあらためて言わせてもらう」

「大西渉には会ったのか？」

「会った。殺人の動機が明らかになりそうだ」

「そいつを詳しく聞かせてくれ」

「すまんが、ちょっと立て込んでいるんだ」

「それはお互い様だろう」

「冴子から電話があった。折り返しかけたい」

伊丹が戸惑ったように言う。

「何だって……」

「ポーランドにいる邦彦と連絡が取れなくなっている。それについて、何か知らせてきたらしい。折り返し電話するタイミングを逸していた」

「それを早く言え。じゃあ、切るぞ」

電話が切れたので、竜崎はすぐに冴子にかけた。

「どうした？」

「あ、今、邦彦と連絡が取れたのよ」

竜崎は言葉が出なかった。

全身から力が抜け落ちた。椅子の背もたれに体を預ける。

「電話が通じたのか？」

「そうなの」

「本人と話せたんだな？」

「ええ、話したわ」

「それで、元気なのか？」

「元気よ」

どうして今まで電話に出なかったのか。

どこで何をしていたのか。

警察に逮捕されたように見えるあの写真は何だったのか。

訊きたいことは山ほどある。

被疑者確保で喜びと安堵に包まれている捜査本部内を眺めながら、竜崎は言った。

「それで、どういうことだったのか、聞かせてくれ」

23

「どこから話そうかしらね」

電話の向こうで、冴子が溜め息をついた。竜崎はこたえた。

「ずっと電話が通じなかったのは、どうしてなんだ？」

「シムカードのチャージをしていなかったんですって」

「何のことだ、それは……」

「携帯電話に入れるシムカードよ。お金をチャージしないと、通じなくなるわけ」

竜崎は眉をひそめた。

「そんなに金に困っているのか」

「そういうことじゃないみたいよ」

「じゃあ、どういうことなんだ？」

「チャージができるような環境になかったらしいわ。使い捨ての携帯電話を支給されていたんで、不便はなかったらしいけど」

「話がまったくわからない。ちゃんと説明してくれ。あのＳＮＳの写真は何だったんだ？　何かの容疑で逮捕されたように見えたが」

「あれは撮影のワンカットだったらしいわ。まったく人騒がせよね」

「撮影……」

「邦彦が映画の勉強をしに、ポーランドに行っていることは知ってるわよね」

「もちろんだ」

　そこまで言って、竜崎は気づいた。「映画の撮影なのか？」

「そう。授業の一環らしいんだけど、本物の映画の撮影にスタッフとして参加したんだそうよ。そういう大学の演習があるらしいわ」

「だからって、連絡が取れない状態のまま放っておくなんて……」

「そのロケ地が、ものすごい田舎の農村で、文明から長い間遠ざかっていたなんて、邦彦は言ってた。ウッチを出るときに、うっかりシムカードのチャージを忘れたんですって。でも、ロケで田舎に滞在している間は、さっきも言ったように、使い捨ての携帯電話を支給されたので、まあいいか、と思っていたそうよ」

「まあいいか、じゃない。あんな写真がＳＮＳにアップされて、しかも電話が通じないんじゃ心配するのは当たり前だろう」

「私に言わないでよ。私だってそう思ってるんだから。もう電話が通じるから、直接邦彦に言ったら？」

「いや、その必要はない。……で、あの写真は映画のワンカットということなんだな？」

「スタッフだったけど、エキストラに駆り出されたんだそうよ。ＳＮＳの記事には、ポーランド語で、ちゃんと説明があったというのだけど……」

「その点は、美紀の調査力不足だな」

「まあ、無事が確認されたんだから、とりあえずホッとしたわ」

「我々に心配をかけた責任はある」

「だから、それは直接邦彦に言ってよ」

「忙しいので、これで切るぞ」

「わかった」

「あ、ちょっと待て」

「なあに？」

竜崎は、一瞬迷ってから言った。

「早ければ今夜、遅くても明日には帰れそうだ」

「わかった。じゃあ」

竜崎は電話を切ると、一度捜査本部内を見回してから、外務省の内山にかけた。

「ああ、竜崎さん。まだ新たな情報はありません」

「お騒がせして、申し訳ありませんでした。息子と連絡が取れたと、家内が申しております」

一瞬の沈黙があった。

「いやあ、それはよかった。無事が確認されたということですね」

「はい。お恥ずかしい話ですが、こちらの早とちりだったようです」

「何よりです」

「ご迷惑をおかけして、たいへん心苦しいです」

「気になさらないでください」

「いや、気になります」

「こちらも、それなりのメリットを考えてのことですから……」

「メリット？」

「前にも申したかもしれませんが、警察幹部の方に貸しを作っておけば、この先何かと都合がいいですから……」

したたかに聞こえるが、内山が気をつかっているのだということがわかった。竜崎が気に病まないように、こんなことを言っているのだ。

竜崎は言った。

「おっしゃるとおり、私に貸しがあると思っていただいてけっこうです」

「何かあれば、また何なりとおっしゃってください。まあ、いつまで今の部署にいるかわかりませんが……」

「お言葉はありがたいですが、これ以上借りは作りたくないですね」

内山の笑い声が聞こえてきた。

板橋課長が、竜崎に言った。

「堂門と門倉の身柄は、県警本部じゃなくて、横須賀署に運びますが、いいですね」

竜崎が電話を終えるのを待っていたようだ。

「ああ、そうしてくれ」

身柄到着まで、しばらくかかるだろう。

竜崎は板橋課長に尋ねた。

「取り調べは時間がかかるだろうな」

「どうでしょうね……。案外早く片がつくかもしれませんよ」

「どうしてそう思う?」

「プロは案外あっさりと口を割るんですよ。できるだけ心証をよくして、少しでも刑を軽くしようと計算しますからね」

「組員は口が固いんじゃないのか?」

「そんな骨のあるマルBは、最近じゃ珍しいですからね」

板橋課長の読みは、楽観的過ぎるのではないかと、竜崎は思った。

電話が振動して、その会話はそこまでになった。伊丹からの電話だった。

「何だ?」

「さっきの話だ。邦彦君がどうしたって?」

「ああ……。それはもういいんだ」

「もういいってどういうことだ?」

「直接連絡が取れたということだ。なんでも、シムカードにチャージをし忘れて、田舎に行ってしまっていたらしい」

「そうか。それはよかったじゃないか。俺もほっとしたぞ」

「そんなことで電話してきたのか」

「そんなことって言うなよ。だが、それで電話したわけじゃない」

「じゃあ、何の用だ？」

「助っ人(すけっと)に出した捜査一課の係長から報告が上がってきてびっくりしたんだが、そっちの捜査員の中にアメリカ人が混じっていたそうじゃないか。しかも、米軍のやつだって……」

「軍人じゃない。ＮＣＩＳ、つまり海軍犯罪捜査局の特別捜査官だ」

「特別捜査官って、ＦＢＩみたいな連邦職員のことだな」

「そうだ」

「いや、そうだじゃなくて、どうしてそんなやつが神奈川県警の捜査員に混じっていたんだ？」

「何か問題があるのか？」

「当然だろう。日本の犯罪捜査に、米軍の関係者が関わっていたんだ。マスコミが嗅ぎつけたら、面倒なことになるぞ」

「キジマ特別捜査官のことは、すでに横須賀で発表している。だが特に面倒は起きていない」

「そういう問題じゃない。海軍犯罪捜査局だか何だか知らないが、そんなやつが都内で勝手に捜査していたとなると、俺の責任問題になる」

「勝手に捜査していたわけじゃない。俺が許可したんだ。だから、おまえの責任じゃなくて、俺の責任だ。心配するな」

「だが、警視庁の管轄内でアメリカの連邦捜査官が、犯罪捜査に関わったのは事実だ」

「当初、被疑者が米軍関係者かもしれないという疑いがあったんだ。それで、海軍犯罪捜査局の協力を得ることになった。その疑いは早い段階でなくなったんだが、キジマ特別捜査官は、そのまま捜査に参加したいと言った。捜査本部から学ぶことがあると思ったからだろう。つまり、研修だ。海外の捜査関係者が日本の警察に研修に来るのは、よくある話じゃないか。その逆もある。日本の警察官がＦＢＩなどに研修に行ったり……」

「研修だと……」

「そうだ。だから、問題はない」

「米軍が今後、捜査に横やりを入れるようなことはないだろうな」

「ない」

しばらく無言の間があった。伊丹は何事か考えているのだろう。やがて彼は言った。

「何かあったら、本当におまえが責任を取るんだろうな」

「おまえが何かやらない限り、何も起きない」

「その言葉を信じていいんだな？」

「間違いない」

「わかった」

それから、短い間を置いて伊丹が言った。「邦彦君が事件に巻きこまれてなくてよかった。じゃあな」

電話が切れた。

伊丹は、キジマのことを知って、慌てて電話してきたのだろう。東京にも米軍基地や米軍の施設はある。だから、他人事ではないのだろう。

だが、慌てる必要などないのだ。もし、問題が起きたら対処すればいい。そんなんじゃ、神奈川県警や沖縄県警では使いものにならないぞ。竜崎はそんなことを思っていた。

午後六時半頃、堂門と門倉の身柄が横須賀署に届いたという知らせがあった。

板橋課長は、すぐに取り調べをするように指示した。堂門の取調官は、強行犯中隊長だ。門倉の取り調べは、戻ったばかりの潮田が担当することになった。

潮田は現場の状況をよく知っている。疲れているはずだが、彼以上の適任者はいない。それが板橋課長の判断なのだから、竜崎に異存はない。

安孫子署長は、落ち着かない様子だ。一方、板橋課長はすっかりくつろいだ感じだった。

竜崎の心境は、どちらかというと安孫子署長に近かった。取り調べがうまくいくかどうか不安だった。どのくらい時間がかかるか、見当もつかない。

竜崎は板橋課長に言った。

「被疑者たちが、自供すると信じている様子だな」

「もちろん信じてますよ」

「現場をよく知っている者とそうでない者の違いだな。俺は、気がかりでしょうがない」

「部長だって、けっこう場数を踏んでいるでしょう。大森署の署長の頃は、現場に足を運んでいらっしゃったと聞いていますよ」

「それでもやはり、直接担当する者とは違う」

「中隊長もシオさんも、刑事の中の刑事なんです。必ず落としますよ」

板橋は楽観的過ぎるのではないかと、竜崎は、またしても考えてしまった。

「そうだといいが……」

「もちろん、取り調べには援護が必要ですよ。我々はそれにも全力を尽くしています」

「取り調べの援護？」

「鑑識などで判明した事実を、被疑者に突きつけてやるんです。そういう事実は多ければ多いほどいい。だから今、あらゆる証拠をかき集めているんです」

「なるほど」

Nシステムのデータ。

マリーナの防犯カメラの映像。

ボートに残っていた血痕。

浜金谷駅の防犯カメラの映像。

福智武の証言。

現時点でも多くの証拠がある。

さらに、板橋が言った。

「身柄確保の後、潜伏先のマンションにガサをかけているはずです。その結果が、もうじき届くはずです」

その知らせが届いたのは、午後七時過ぎのことだった。

電話を受けた山里管理官が、幹部席の竜崎たちに告げた。

「麻布十番の部屋から、薬物が発見されました。ヘロインが、約一キロです」

竜崎は板橋に言った。

「三竹が運んだものと考えていいだろうな」

板橋がうなずく。

花「それを、門倉が運んで部屋に隠し持っていたということでしょう。決定的な証拠です」

「それを突きつけてやるわけだな」

「そういうことです」

板橋は、取調室に伝令を走らせた。

「ヘロイン一キロというと……」

それから、板橋はつぶやくように言った。「末端価格は三千万ですよ。薬物事案としてもでかいヤマです」

午後七時五十分頃のことだ。中隊長が捜査本部に姿を見せた。

「堂門が落ちました」

待ちに待った知らせだ。捜査員たちがそろって、「おお」という声を上げる。

板橋が中隊長に尋ねた。

「三竹殺害を自供したのか？」

「自分は死体遺棄に手を貸しただけだと言ってます。殺害したのは、門倉だと……。しかし、ボートや、遺体を運ぶ車を用意したことは認めたので、間違いなく共犯ということになります」

「ボートの上で殺害されたことは、血痕が物語っているからな」

「そういうことです」

「よし、堂門が落ちたと、シオさんに知らせてくれ」

「すでに知らせました。門倉のケツにも火がついているはずです」

その言葉どおり、その十五分後には、潮田が姿を見せて言った。

「門倉が三竹殺害を自供しました。手を下したのは自分だが、堂門に命じられてやったことだと言っています。横須賀に着いてから、堂門が三竹と揉めたらしいです」

それを聞いた板橋課長が言った。

「よし、送検手続きを進めよう」

刑事たちの仕事は、自白を取って終わりではない。それからが大忙しなのだ。

検事を納得させるための資料を山ほど作成しなければならない。捜査員たちは徹夜になるかもしれない。

安孫子署長が目を瞬いてから、板橋課長に尋ねた。

「これで一件落着ということなのかね？」

板橋課長が言った。

「少なくとも、捜査本部の仕事は終わりです。この先、検事捜査があり、まあ結局私らが続いて働かされることになると思いますが……」

「自供したということだが、堂門は門倉が三竹を殺したのだと言っているし、門倉は堂門に命じられたと言っているんだろう？　二人の発言に食い違いがあるんじゃないのか？」

「二人の共犯であることは明らかなのです。だから、二人を殺人及び死体遺棄の罪状で送検することには問題ありません。さらに、起訴するにも充分でしょう」

「福岡の真喜田や福智はどうなるんだね？」

「問題は、そこですね……」

板橋課長が竜崎のほうを見て言った。「真喜田は黒幕ですからね。殺人の教唆犯として挙げたいところですが……」

竜崎はこたえた。

「逮捕状が取れれば、そうしてくれ」

「しかし、実行犯の門倉が組員だというだけでは、裁判所が納得しないかもしれません」

「福智の証言を取れれば、恐喝で挙げられるだろう」

安孫子署長が言う。

「その福智だが、ヘロインを三竹に運ばせたことは事実なんだろう」

竜崎は安孫子署長に言った。

「真喜田に強要されたのですから、被害者とも言えるでしょう」

板橋課長が言った。

「真喜田のことを証言してくれれば、今竜崎部長がおっしゃったことを考える余地は充分にあります」

安孫子署長が目を丸くする。

「取引か？」

「そんな大げさなもんじゃないですよ」

板橋課長が言う。「それにね、薬物事案は現行犯じゃないと事件にするのが難しいんですよ」

竜崎は言った。

「ヘロインが発見されたのは、福智の会社でも、三竹が運転したトラックでもありません。門倉と堂門が潜伏していたマンションの部屋なんです」

安孫子署長は感心したように、竜崎と板橋を見た。

「なるほど、そういうことか……」

板橋課長が竜崎に言った。

「では、そういう段取りで、福岡の捜査員に指示していいですね？」

「ああ。任せる」

竜崎は言った。「福岡県警の協力を得て、慎重にやってくれ。何せ、真喜田は地元の大物だろうからな」

「心得てます」

「しかし、驚いた」

竜崎の言葉に、板橋課長が聞き返した。

「何がです？」

「取り調べを始めて一時間あまりで、堂門が自供した。そして、それから程なく、門倉も、だ」

「そうですね」

「俺は、もっとかかるものと思っていた。二、三日は覚悟していたんだ。だが、君は早く片づくかもしれないと言った」

花「ええ」

「そして、そのとおりになったわけだ」

探「何も驚くことはありません。おそらく、あの二人は麻布十番のマンションに逃げ込んだ段階で、かなり追い込まれていたはずです。そして、先ほども言いましたが、プロほど警察や検察の心証を気にするものなんです。意地を張ってダンマリというのは、素人(しろうと)のやることです。プロはしたたかに計算するんです」

「勉強になったよ」

「勉強と言えば……」

板橋課長が捜査本部内の一点に眼をやって言った。「どなたかと彼の話をされていたようですね。研修とかなんとか……」

その視線の先には、キジマ特別捜査官がいた。

「ああ」

竜崎はこたえた。「相手は警視庁の伊丹刑事部長だ。ＮＣＩＳの特別捜査官が捜査に加わっていたことに驚いた様子だった」

板橋課長と竜崎の視線に気づいた様子で、キジマが近づいてきた。

24

「私はこれで引きあげようと思います」

キジマが言った。

竜崎はうなずいた。

「米海軍犯罪捜査局のご協力には感謝します」

「それを、エリオット・カーターに伝えますよ」

「それは誰でしたっけ？」

キジマがあきれたように言う。

「ＮＣＩＳの局長です」

「ああ、そうでしたね。あなた以外の米軍関係者は、もう覚えていません」

「私も、初めてここに来たのが、はるか昔のような気がします」

すると、隣にいる板橋課長が言った。

「捜査本部というのは、そういうもんです」

キジマが聞き返す。

「そういうもん……？」

「捜査本部が回っている間は、瞬く間に時間が過ぎていきます。……で、終わってみると、すべてが過去の出来事になってしまう」

「わかります。NCISでは、日本の捜査本部のように多人数で集中的に捜査するようなことはありませんが、どんなやり方でも捜査に変わりはありませんから」

竜崎は言った。

「実は、東京都を所管している警視庁から、米軍関係者が捜査に加わっていることについて、問い合わせがありました」

「問い合わせ？」

キジマが言った。「それは、問題視しているという意味ですか？」

「問題があるかもしれないと、疑問視しているということです」

「日本語のニュアンスは微妙で難しい」

「それで私は、あなたが神奈川県警で研修をしているということにしました」

「研修ですか……」

「それなら、誰かが問題だと言いはじめても通ると思ったのです」

キジマは肩をすくめた。

「まあ、まんざら嘘ではありませんからね。たしかに、日本の捜査本部のやり方は勉強になりました」

「そう言っていただくと、ありがたいです」

「特に、潮田さんといっしょに捜査できたことは、とても勉強になりました。潮田さんをNCISにスカウトしたいくらいです」

板橋課長が言った。

「それは困りますね。神奈川県警捜査一課の貴重な人材です」

それに続いて竜崎は言った。

「我々もあなたを神奈川県警にお招きしたいですね」

花

「残念ですね。日本国籍がないと、県警には入れないのでしょう。まあ、万が一帰化するようなことがあれば、考えてみましょう」

キジマは、竜崎、安孫子署長、板橋課長の順で握手をし、出入り口に向かった。

探

途中で、潮田のそばを通った。そのとき、言葉を交わした様子だが、潮田は実に淡々とした態度だった。

おそらくそれが、いつもの潮田なのだろうと、竜崎は思った。

竜崎は、県警本部の総務課に電話をした。当番が出て、本部長と連絡を取りたいと告げると、官舎につなぐのでそのまま待つように言われた。

しばらくすると、佐藤本部長の声が聞こえてくる。

「あ、第一報は聞いたよ。被疑者確保だって?」

「はい。堂門と門倉の二人の身柄を確保しました。殺人と死体遺棄について、二人は自供しました」

「そりゃあよかった。ところでさ……」

「は……?」

「八島警務部長といっしょに、大西渉に会ったんだって?」

「ええ、会いました」

「それで、捜査について、何か言われなかったの?」

「議員が福智から聞いた話について確認しただけです」

「圧力とか、なかったんだよね」

「あれば、報告しています。国会議員からの圧力なんて、私が対処できる話ではありませんから……」

「いやあ、そんなことないだろう。竜崎部長なら、国会議員だろうが大臣だろうが、全然平気だって噂だよ」

「そんなことはありません」

「……で、八島警務部長は本当におとがめなしでいいのかね？」

「彼は、大西渉の件で、結果的に役に立ってくれました」

「なるほどね。わかったよ。もう、こっちに戻るよね？」

「遅くとも、明日には戻ると思います」

「じゃあ、月曜日に」

「はい。失礼します」

電話が切れた。竜崎が受話器を置くと、板橋課長が言った。

「あとは書類作りとか事務的な手続きだけです。我々だけでだいじょうぶです」

「つまり、帰れということか？」

「偉い人がいつまでも残っていると、気が抜けませんので」

「わかった」

竜崎は、安孫子署長に言った。「そういうことらしいので、我々は引きあげましょう」

安孫子署長が言った。

「捜査本部の解散までいなくていいんですか？」

するど、板橋課長が言った。

「今ここで、部長が宣言してください」

竜崎は尋ねた。

「それでいいのか？」

「はい。もちろん我々は残って、書類を片づけます」

「我々というのは、君と山里管理官のことか？」

「そうです」

「では、邪魔者は消えるとするか」

竜崎が立ち上がると、やや遅れて安孫子署長が立ち上がった。

「本当に邪魔者でしかない捜査幹部がいるものです」

板橋課長がそう言ったので、竜崎は思わず彼の顔を見た。板橋課長の言葉が続いた。

「しかし、お二人はそうではありません」

彼は立ち上がり、上体を十五度に折る正規の敬礼をした。すると、その場にいた捜査員全員が同様に敬礼をした。

安孫子署長が敬礼を返した。

竜崎は言った。

「みんな、ごくろうだった。捜査本部を解散する」

ホテルに置いてある荷物を取り、そのまま自宅に戻ることもできた。

しかし竜崎は、帰るのは明日にしようと思った。もう一泊しても刑事総務課から文句を言われることはないだろう。

公用車の運転手は早く帰りたいかもしれないが、こういう場合、自分の気分を優先してもいいだろうと、竜崎は思った。

今夜はコンビニ弁当ではなく、ルームサービスを取るつもりだ。一人で事件解決のお祝いだ。

今頃、捜査本部では茶碗酒で祝杯を上げているかもしれない。

事件解決後の茶碗酒を、竜崎は経験したことがない。もしかしたら、捜査本部の茶碗酒など、都市伝説なのだろうか。

いや、実際に捜査員たちが笑顔で酒を酌み交わしていると、竜崎は信じたかった。

ホテルに戻ったのは、午後八時四十五分だった。すぐに、ルームサービスを注文した。和食弁当というのがあり、手頃なのでそれを注文した。

もっと贅沢(ぜいたく)をしてもいいのだろうが、こんなところで散財するのは無駄なことに思えてしまう。その代わりに、冷蔵庫に入っているビールを一缶飲もうと思った。

注文を済ませると、竜崎はまず、冴子に電話した。

「今夜は、こちらに泊まる。明日、午前中に帰る」

「わかった。邦彦には電話した？」

「必要ないと言っただろう」

「そう言ってたけど、気が変わったかと思って」

「それどころじゃなかった」

「そうでしょうね」

「月曜からは、通常どおりだ」

「お疲れ様でした」

「ああ。じゃあ……」

竜崎は電話を切った。ふと、何かやり残したことがあるような気がした。それが何か思い出せないまま、次に阿久津に電話した。

「被疑者確保だそうですね。お疲れ様でした」

「堂門は死体遺棄を自供した。殺人はやっていないと言っているが、そのための段取りをしたことは間違いない。門倉は、殺害を自供。堂門に命じられたと言っている」

「どちらも、何とか罪を軽くしようと考えているようですが、いずれにしろ、起訴は確実ですね」

「福岡の真喜田と福智の件が残っているんだが……」

「真喜田は、ヘロインの密売と殺人教唆の疑いで逮捕できるでしょう。福智は微妙ですが……」

「ヘロインの運搬を強要され、さらに部下を殺害されたんだ。被害者だろう」

「検察が納得しますか？」

「福智がヘロイン運搬に関わったという物的証拠はない。ヘロインは堂門と門倉が潜伏していた部屋から発見されたんだ」

「わかりました。そのように段取りします。あとは私に任せてください」

「福岡県警と連絡を取ってくれ」

「すべて承知しております」

阿久津のことだから、そつはないはずだ。信用して任せるべきだろう。竜崎が自分で、さまざまな手配や段取りをしようとしても、誰かにやり方を尋ねることになるのだ。結局、その誰かは、たぶん阿久津なのだ。

「では、よろしく頼む」

「はい」

竜崎は、ちょっと迷ってから言った。

「八島は、今回の件で、いろいろと隠し事をしていたが、結果的には役に立ってくれた。佐藤本部長と話し合って、おとがめなしということになった」

「それはよかったと思います」

「俺もそう思う」

「竜崎部長は、人を大切になさる方ですから」

竜崎はびっくりした。

阿久津がこんな発言をするとは思ってもいなかった。

「そんなことはこれまで言われたこともないし、自分でそう思ったこともない」

「誰も指摘しなかったのは、今さら言うまでもないことだからではないでしょうか」

「前の部長は、人を大切にしていなかったのか？」

「他人より、ご自分が大切のようでした」

阿久津は、思ったことをはっきりと言う。ならば、さきほどの竜崎に対する評価も本音だということだろうか。

竜崎はしばらく考えたが、わからなかった。とにかく、阿久津という男についてはまだよくわからない。

「じゃあ、福岡の件はよろしく頼む」

「承知しました」

竜崎は電話を切った。

翌日、午前十時にホテルをチェックアウトした。玄関で公用車が待っていた。見上げると青空だった。

竜崎は、ふと昨夜冴子に電話したときのことを思い出した。心残りというか、何かやり残したことがあった気がしたのだ。

公用車の運転手に言った。

「帰る前に、ヴェルニー公園に寄ってもらえるか？」

「了解しました。死体遺棄の現場ですね」

「ああ、そうだ」

「何かまだ、気になることがおありですか？」

「いや、そうじゃない。横須賀を離れる前に、もう一度見ておきたかったんだ」

「わかりました。公園は道の反対側になりますから、国道をUターンすることにします」

ホテルを出た公用車は、約五分後に、公園の駐車場に入った。

「しばらく待っていてくれ」

竜崎はそう言って車を下りた。

明るい陽光の下のヴェルニー公園には、美しい薔薇が咲き誇り、禍々しい事件があったことなど忘れてしまいそうだ。

いや、もう忘れていいのだと竜崎は思った。公園の美しさと事件は関係ない。

のんびり歩こうと思ったのだが、竜崎にはゆっくりと歩くという習慣がない。つい、歩調が速くなってしまう。

その足が、はたと停まった。

洋風あずまやを過ぎたあたりだった。右手の一群の薔薇に眼をやった。

紫の薔薇だ。

本当にあったんだ。

前回探しに来たときには見つからなかったのに、こんなにあっさり見つかるとは……。

竜崎は、不思議な気分でしばらくその場にたたずんでいた。

そして、思い出したように携帯電話を取り出すと、目の前の紫の薔薇を写真に収めた。

電話をポケットに戻したとき、やり残したことを果たしたという、ささやかな満足感を味わっていた。

自宅に戻り、いつ薔薇の写真を冴子に見せようかと考えつづけていた。自慢げに見せるのもどうかと思ったのだ。

結局、昼食のときに、思い出したかのように見せることにした。日曜日なので、美紀もその場にいた。

竜崎が撮影した薔薇の写真に対する、冴子の反応はそっけなかった。

「あら、本当に見つけたのね」

美紀も似たようなものだった。

まあ、こんなものだと、竜崎は思った。

だが、それでもヴェルニー公園で味わった満足感は、いささかも損なわれはしなかった。何かの使命を帯び、それをちゃんと果たしたということが、竜崎にとっては大切なのだ。

午後に伊丹から電話が来た。

「どうした、日曜日に」

「どうしたじゃない。事件がどうなったか、報告くらい寄こせよ」

「週明けでいいと思っていた」

「ばか言うな。こっちは被疑者の身柄確保に全面協力したんだぞ」

「全面というのがどういうことなのか、よくわからないが、感謝はしている。そう言ったはずだ」

「それで、取り調べのほうは?」

「二人とも自供した。福岡のほうも片がつくだろう。詳しい説明が必要か?」

「いや、それだけ聞けりゃいいんだ。それで、八島はどうするつもりだ?」

捜査のことより、そちらのほうが気になっていたに違いない。

「どうもしない」

伊丹はうーんとうなってから言った。

「じゃあ、神奈川県警に居座るわけだな」

「当然、またどこかに異動になるまで、いるだろうな」

「じゃあ、いつかまたとっちめるチャンスがあるかもしれないな」

「おまえは小学生の頃から変わらないな」

「何だよそれ。どういうことだよ」

「じゃあな」

　竜崎は電話を切った。

　夕方にまた電話が来た。

　よく電話が来る日だと思って着信を見ると、邦彦からだった。

「何だ？」

「いや、何だって……。心配かけたようだから、謝ろうかと思って……」

「外務省の知り合いまで動かして、けっこうな騒ぎになったんだ」

「外務省……？　あ、それでアパートに警察官が来たりしたわけ？」

「とにかく、外国にいて連絡が取れないなど、言語道断だ」

「悪かったよ。反省してる。今後はそんなことはないから……」

「それが本当なら、もう言うことはない」

「本当だって」

「こっちは夕方だが、そっちは？」

「ああ、午前中だよ」

「学校は？」

「今日は日曜だよ」

「そうか。ところで……」

「なに？」

「おまえ、紫の薔薇って知ってるか？」

「何それ」

「いや、いいんだ。例のSNSの写真について説明してくれないか」

「ああ、逮捕されているやつね……」

邦彦が説明を始めた。

息子と話をするのはずいぶん久しぶりだ。そんなことを思いながら竜崎は、邦彦の話に耳を傾けていた。

解説

宇田川拓也

横から手が伸びてくる。それは売れ筋商品である証だ。

いきなり何の話かと首を傾げてしまうかもしれないが、本稿を担当しているのが本屋の店員であることをまずはお断りし、この書き出しの意味を説明していきたい。

書店には、日曜祝日、休配日を除き、おもに取次を経由して数多くの書籍が連日送られてくる。当然ながら届いた商品は、売り場に陳列しなければ購入してもらえない。

売れた既刊の補充分は棚差しが大半だが、新刊や話題書となると、ひとつの銘柄で複数冊、なかには二桁、三桁といったものも入荷してくる。そうした商品は棚に差すのではなく、平台に積み上げる——いわゆる〝平積み〟という形で売り場に並べられる。

届いて間もない書籍を三〜五冊ずつ、上下互い違いにしながら積んでいると、作業が終わるまで待ち切れないお客様の手が横からするりと伸びてきて、商品を抜き取るやレジへ直行——という場面に遭遇することがある。これは人気の銘柄でなければ起こり得ない。

今野敏〈隠蔽捜査〉シリーズは、まさに〝横から手が伸びてくる〟売れ筋商品の筆頭格だ。従来の警察小説では憎まれ役が多かった「官僚」を主人公に据え、しがらみや忖度に縛られることなく原理原則に基づいて行動し、幹部として警察の職務を全うする新たなヒーロー像を確立。その画期的な内容で、記録的なセールスのみならず、警察小説史においても金字塔を打ち立てたことは、改めて述べるまでもない。

さて、こうして文庫化と相成った『探花　隠蔽捜査9』は、スピンオフ作品集『初陣』『自覚』を含めると、通巻十一冊目となる作品だ。主人公の竜崎伸也は、第七弾『棲月』で警視庁大森警察署署長としての仕事に区切りを付け、続く第八弾『清明』にて神奈川県警本部刑事部長に着任した。つまり本作は、いよいよ開幕したシリーズ第二章のエピソード2ということになる。

物語は、竜崎が登庁して間もなく、阿久津重人参事官と板橋武捜査一課長が緊急の要件で刑事部長室にやってくるところから幕が上がる。

横須賀港のそばに位置するヴェルニー公園で朝の散歩をしていた老人が、遊歩道脇の生け垣の陰にひとが倒れているのを発見し、通報。殺人事件の可能性があるという。検視の結果は刺殺。さらにその後の捜査で、遺体発見現場から刃物のようなものを持って逃走する男の目撃証言を得るのだが、その逃げた人物が白人男性らしきことから雲行きが怪しくなっていく。というのも、ヴェルニー公園の対岸には米海軍基地があり、もし軍関係者が被疑者であった場合、日米地位協定により、日本の警察側の捜査が自由には行なえなくなるおそれがあるからだ。竜崎は目撃情報を携え、米軍側との交渉へと向かうことに……。

前作『清明』では、板橋捜査一課長が「華僑（かきょう）の結束は固いですからね。時にはその結束が法律を超えることもあります」と口にする、「横浜中華街」が物語の重要なポイントになっていた。今回は「米海軍横須賀基地」がそれにあたり、警察といえども容易には踏み込めない神奈川県ならではの特殊な領域に、竜崎がどう対処していくのか、そこがひとつの読みどころとなっている。

また〈隠蔽捜査〉シリーズでは、警察官僚の目線で描かれた捜査小説の面白さだけでなく、縦社会の警察組織ならではのしきたりや矛盾に迫る職場小説、竜崎家の面々が直面する様々なトラブルや問題を扱った家族小説の側面があり、こうした要素が事件解決へ向けた取り組みとあわせて描かれるのも特色である。

本作ではまず、竜崎と同じく東大法学部卒で同期の八島圭介が、新任の警務部長として福岡県警から異動してくる。八島は入庁時の試験成績〝ハンモックナンバー〟が一番だったことを鼻に掛けており、なにやら〝黒い噂〟も囁かれていた。竜崎の幼馴染みでやはり同期である警視庁刑事部長の伊丹、さらに阿久津参事官までが、彼には気を付けるよう竜崎に注意を促すほどのいささか厄介な人物なのだ。

いっぽう捜査では、被疑者が軍人や軍属であった場合の身柄の扱いをめぐり、海軍犯罪捜査局（ＮＣＩＳ）の特別捜査官リチャード・キジマからひとつの提案が出される。ところが竜崎以外の人間は皆、これに反発。慣例に縛られた部下たちを相手に、いかに采配を振るうのかも見所である。

さらに竜崎家の問題では、ポーランドに留学中の息子——邦彦が警察に逮捕されたかもしれないという、まことしやかな情報が飛び込んでくる。現地のＳＮＳに載った写真を確認すると、確かに邦彦と思しき東洋人が手錠をはめられ、制服を着た警官らしき白人たちに拘束されているように見える。いったい何が起こっているのか。邦彦との連絡が付かない状況の中で、どう手を打てばいいのか。

超大国の国家機関との折衝、遠く海を越えた私生活の難題まで持ち上がり、第二章開幕となった『清明』以上に、解決すべき課題が竜崎に次から次へと降り掛かる。タイトルである〝探花〟の意味については作中の説明に譲るが、真に慕われる優秀な幹部の仕事ぶりとはいかなるものか、それは過去の栄誉や生き馬の目を抜く振る舞いで決まるものではないことを強く印象付ける、じつに胸のすく展開が読者を待っている。物語後半での大きな動きとともに、決着へ向けて疾走していく一連の盛り上がりは、シリーズでも指折りのレベルで読み手を夢中にさせるはずだ。

　本作のタイトルには、もうひとつ別の意味も含まれている。事件現場が薔薇で有名なヴェルニー公園だったことから、竜崎は妻の冴子から「紫の薔薇の写真を撮ってきて」と頼まれるのだ。公園で花を探す自身の姿を想像し、「あり得ない」と思う竜崎は、この要望に応えることができるのか。殺人事件を扱う警察小説にしては、なんとも愛らしいサブエピソードだが、この話の流れのなかで竜崎という人間の「成果」の捉え方、そして「大切」だと考えていることが明示されており、読み逃せない。

　このあと、同シリーズは、本書発売時点で二冊の単行本が刊行済みだ。

『審議官　隠蔽捜査9・5』は、三冊目となるスピンオフ作品集。竜崎が去ってからの大森署、竜崎家の妻・息子・娘がそれぞれ視点人物を務めるエピソードなど、多彩な九つの物語が揃っている。なかでも表題作は、まさに『探花』と直結した後日譚となっており、注目せずにはいられない。捜査本部が解散し、神奈川県警本部に戻ってきた竜崎は佐藤本部長から呼び出しを受ける。ＮＣＩＳの特別捜査官が神奈川県警の捜査員に混じり、東京都内で捜査活動をしたことについて、警察庁長官官房の刑事局担当審議官――長瀬が納得していないという。一筋縄ではいかない人物として知られる長瀬は、佐藤本部長に竜崎の処分を迫るが――といった内容で、竜崎がこの窮地をどう逆転させるのか、乞うご期待だ。

続く『一夜　隠蔽捜査10』では、著名な小説家が何者かに車で連れ去られる誘拐事件が小田原で発生。まだ犯人側の動きもないなか、被害者の知り合いだという人物が捜査本部である小田原署に訪ねてくる。ミステリ作家の梅林賢だ。彼は、自分なら捜査の手伝いができるという。板橋課長はすぐに追い返そうとするが、竜崎は「小説家同士にしかわからないことがあるはずだ」と、話を聞いてみることに……。警察官僚と人気ミステリ作家という異色のコンビが事件解決を目指す、シリーズのなかでもとくにユニークな一作である。

今野敏作品には、警視庁の刑事が毎回警察官以外の異なる相棒と手を組んで捜査に当たる〈警視庁捜査一課・碓氷弘一〉シリーズがあり、異色のコンビを動かして抜群に面白く仕上げるのはお手の物だ。また、出版業界や創作活動についての内幕が垣間見えるため、警察小説の愛読者に限らず、より広く文芸ファンにとって興味深い内容にもなっている。

今後も新たな趣向に期待が募る〈隠蔽捜査〉シリーズから、ますます目が離せそうにない。

抱えた退屈と憂さを気持ちよく晴らしてくれる、そんな物語を探しているすべてのひとの心を、本シリーズが目にも鮮やかに咲き誇る花のごとく満たしてくれることを願ってやまない。そしてこれからも、書店の売り場を華やかに彩り続けてくれますように――。


（二〇二四年七月、ときわ書房本店文芸書・文庫担当）

この作品は二〇二二年一月新潮社より刊行された。

今野敏著
隠蔽捜査
吉川英治文学新人賞受賞

東大卒、警視長、竜崎伸也。ただのキャリアではない。彼は信じる正義のため、警察組織という迷宮に挑む。ミステリ史に輝く長篇。

今野敏著
果断
—隠蔽捜査2—
山本周五郎賞・日本推理作家協会賞受賞

本庁から大森署署長へと左遷されたキャリア、竜崎伸也。着任早々、彼は拳銃犯立てこもり事件に直面する。これが本物の警察小説だ！

今野敏著
疑心
—隠蔽捜査3—

来日するアメリカ大統領へのテロ計画が発覚！ 羽田を含む第二方面警備本部を任された大森署署長竜崎伸也は、難局に立ち向かう。

今野敏著
初陣
—隠蔽捜査3.5—

警視庁刑事部長・伊丹俊太郎が頼りにするのは、幼なじみのキャリア・竜崎だった。超人気シリーズをさらに深く味わえる、傑作短篇集。

今野敏著
転迷
—隠蔽捜査4—

外務省職員の殺害、悪質なひき逃げ事件、麻薬取締官との軋轢……同時発生した幾つもの難題が、大森署署長竜崎伸也の双肩に。

今野敏著
宰領
—隠蔽捜査5—

与党の大物議員が誘拐された！ 警視庁と神奈川県警の合同指揮本部を率いることになったのは、信念と頭脳の警察官僚・竜崎伸也。

今野敏著
自覚
―隠蔽捜査5.5―

副署長、女性キャリアから、くせ者刑事まで。原理原則を貫く警察官僚・竜崎伸也が、さまざまな困難に直面した七人の警察官を救う！

今野敏著
去就
―隠蔽捜査6―

ストーカーと殺人をめぐる難事件に立ち向かう竜崎署長。彼を陥れようとする警察幹部が現れて。捜査と組織を描き切る、警察小説。

今野敏著
棲月
―隠蔽捜査7―

鉄道・銀行を襲うシステムダウン。謎めいた非行少年殺害事件。姿の見えぬ〝敵〟を追え！　竜崎伸也大森署署長、最後の事件。

今野敏著
清明
―隠蔽捜査8―

神奈川県警に刑事部長として着任した竜崎伸也。指揮を執る中国人殺人事件の捜査が公安の壁に阻まれて――。シリーズ第二章開幕。

今野敏著
リオ
―警視庁強行犯係・樋口顕―

捜査本部は間違っている！　火曜日の連続殺人を捜査する樋口警部補。彼の直感がそう告げた。刑事たちの真実を描く本格警察小説。

今野敏著
朱夏
―警視庁強行犯係・樋口顕―

妻が失踪した。樋口警部補は、所轄の氏家とともに非公式の捜査を始める。鍛えられた男たちの眼に映った誘拐容疑者、だが彼は――。

今野敏著

ビート
―警視庁強行犯係・樋口顕―

島崎刑事の苦悩に樋口は気づいた。島崎は実の息子を殺人犯だと疑っているのだ。捜査官と家庭人の間で揺れる男たち。本格警察小説。

安東能明著

撃てない警官
日本推理作家協会賞短編部門受賞

部下の拳銃自殺が全ての始まりだった。警視庁管理部門でエリート街道を歩んでいた若き警部は、左遷先の所轄署で捜査の現場に立つ。

安東能明著

出署せず

新署長は女性キャリア! 混乱する所轄署で本庁から左遷された若き警部が難事件に挑む。人間ドラマ×推理の興奮。本格警察小説集。

安東能明著

伴連れ

警察手帳紛失という大失態を演じた高野朋美刑事は、数々な事件の中で捜査員として覚醒してゆく――。警察小説はここまで深化した。

安東能明著

広域指定

午後九時、未帰宅者の第一報。所轄の綾瀬署をはじめ、捜査一課、千葉県警――警察官僚までを巻き込む女児失踪事件の扉が開いた!

安東能明著

総力捜査

捜査二課から来た凄腕警部・上河内を加えた綾瀬署は一丸となり、武闘派暴力団と対決する――。警察小説の醍醐味満載の、全五作。

垣根涼介著
ワイルド・ソウル（上・下）
大藪春彦賞・吉川英治文学新人賞・日本推理作家協会賞受賞

戦後日本の〝棄民政策〟の犠牲となった南米移民たち。その息子ケイらは日本政府相手に大胆な復讐劇を計画する。三冠に輝く傑作小説。

桐野夏生著
残虐記
柴田錬三郎賞受賞

自分は二十五年前の少女誘拐監禁事件の被害者だという手記を残し、作家が消えた。折り重なった虚実と強烈な欲望を描き切った傑作。

京極夏彦著
今昔百鬼拾遺 天狗

天狗攫いか――巡る因果か。高尾山中に端を発する、女性たちの失踪と死の連鎖。『稀譚月報』記者・中禅寺敦子らがミステリに挑む。

黒川博行著
疫病神

建設コンサルタントと現役ヤクザが、産廃処理場の巨大な利権をめぐる闇の構図に挑んだ。欲望と暴力の世界を描き切る圧倒的長編！

黒川博行著
螻蛄（けら）
―シリーズ疫病神―

最凶「疫病神」コンビが東京進出！　巨大宗派の秘宝に群がる腐敗刑事、新宿極道、怪しい画廊の美女。金満坊主から金を分捕るのは。

近藤史恵著
サクリファイス
大藪春彦賞受賞

自転車ロードレースチームに所属する、白石誓。欧州遠征中、彼の目の前で悲劇は起きた！　青春小説×サスペンス、奇跡の二重奏。